하루 1분,
3번씩만 되뇌면 운명이 바뀌는
1주일간의 변화

———

하루, 1분력(力)

———

하루, 1분력(力)

초판인쇄	2017년 7월 24일
초판발행	2017년 7월 31일
지은이	김용태
발행인	조현수
펴낸곳	도서출판 더로드
마케팅	최관호 최문순 신성웅
편집교열	맹인남
디자인 디렉터	오종국 Design CREO
일러스트	김용태
ADD	경기도 고양시 일산동구 백석2동 1301-2
	넥스빌오피스텔 704호
전화	031-925-5366~7
팩스	031-925-5368
이메일	provence70@naver.com
등록번호	제2015-000135호
등록	2015년 06월 18일
ISBN	979-11-87340-42-3-03810

정가 15,800원

하루 1분,
3번씩만 되뇌면 운명이 바뀌는
1주일간의 변화

———

하루, 1분력(力)

———

김용태 지음

Ⓡ 돌출판 **더로드**
The Road Books

"글쓰기의 원동력은 지난 10년의 독서였다"

나이 마흔이 넘어서 내가 깨달은 사실이 하나 있다.
바로 사람은 반드시 목표가 있는 삶을 살아야 한다는 것이다. 나는 그 목표를 이번 책을 쓰며
찾게 되었다. 독자들과 소통하는 것이 나를 얼마나 기쁘게 하는지를 말이다.

《하루, 1분력》이 나오기까지 여러 가지
많은 일들이 있었다. 고마운 사람들과의 만남, 마음의 깨달음, 그리고
글을 써야겠다는 열정이 있었다. 글쓰기의 동력이 되었던 것은 지난
10년의 독서였다. 평범한 인생을 살아오다가 중년의 나이에 글을 쓰게
된 건 아주 커다란 행운이다.

그중에서도 명언을 쓰게 된 것은 많은 위인들의 한 마디 말이 감동
과 영감을 주었기 때문이다. 좋은 습관을 가지고 싶었던 나에게 명언
은 아주 훌륭한 지침이 되어주었다. 명언은 세월을 막론하고 사람들에
게 감동과 영감을 주어왔다. 한 마디의 명언으로 사람의 인생이 바뀌
기도 한다. 물론 사람은 좀처럼 변화하지 않는 존재다. 현실에 안주하

려는 소심한 마음 때문이다. 더구나 나처럼 중년이 넘어서면 더욱 힘들다. 중년에게 변화는 어려운 선택이다. 그러나 위기가 기회라 하지 않았던가?

나는 우연한 기회를 통해 하나님을 믿게 되었고 이후부터 내 인생의 방향이 달라졌다. 그 목표는 바로 모든 사람에게 선한 영향력을 끼치는 것이다. 마음이 달라지면서 블로그에 글을 자주 올리기 시작했다. 글쓰기가 의미 있는 작업이 되는 순간이었다. 마침 나에게 열정을 주는 책이 눈에 띄었다. 그 이후로 매일 글 쓰는 습관을 가지려고 노력했다. 그러다 보니 어느 사이에 책을 출판하기에 이르렀다.

특히 네이버 카페 〈책 쓰기로 인생을 바꾸는 사람들(이하 책인사)〉은 내가 인생의 전환점에서 만난 고마운 친구다. 책인사를 통해 같은 목표를 가진 사람들과 글쓰기를 이어왔고 앞으로도 그럴 것이다. 글쓰기는 나에게 출판 외에 마음의 치유라는 선물도 주었다. 그런 면에서 글쓰기는 나에게 최고의 축복이다.

나이 마흔이 넘어서 내가 깨달은 사실이 하나 있다. 바로 사람은 반드시 목표가 있는 삶을 살아야 한다는 것이다. 나는 그 목표를 이번 책을 쓰며 찾게 되었다. 독자들과 소통하는 것이 나를 얼마나 기쁘게 하는지를 말이다. 내가 독서를 통해 삶이 변화했듯, 《하루, 1분력》을 읽은 독자들이 조금이나마 삶이 변한다면 정말 기쁜 일이다. 책은 사람에게 무언가 소중한 것을 일깨워 주는 마력이 있다. 학창 시절에 배운 공부와 독서는 근본적으로 다르다. 사람은 다양한 분야의 독서를 통해서 성장하게 되어 있다.

그릇은 진열되어 있으면 가치가 없지만 음식을 담아 식탁에 올라가면 그 가치가 드러난다. 사람도 마찬가지다. 아무 일도 하지 않으면 그 사람의 가치를 알 수 없다. 자신이 좋아하고 잘하는 일을 하면서 비로소 가치가 드러나게 되어 있다. 나는 이 책을 읽는 독자들 또한 책을 읽으며 떠오른 생각들, 뜨거워진 가슴으로 무언가 하고 싶은 일이 생겼다면 당장 시작하라고 말하고 싶다. 무언가 하고 싶다는 것은 그 일을 할 수 있다는 방증이기도 하다. 더 많은 사람들과 책으로 소통하기 위해 내가 이 책의 출간을 앞두고 있듯이 말이다.

나는 이 책으로 인해 독자들이 각자의 뚜렷한 인생의 목표를 갖는데에 일조하기를 바란다.

2017년 7월

저자 김용태

이 책을 읽을 때의
반드시 지켜야 할 규칙

————

01

딱 1주일간, 매일 1분씩 투자하여 명언을
3번씩 되뇌어 읽는다.

02

저자의 글을 집중해서 읽고, 명언의 숨은 뜻을 흡수한다.

03

요일별 자신의 원하는 명언의 페이지를
매일 반복해서 읽는다.

04

위와 같이, 1주일간 1분의 투자를 긍정 마인드로
변화할 때까지 계속해서 반복한다.

————

Contents | 목 차

7장

일요일

지금 당장 마음의
평화가 필요한
사람들을 위한 명언

223

CHAPTER 01 [MONDAY]

1장

[월요일]

더 많은 부를 끌어당기고 싶은
사람들을 위한 명언

근면한 자에겐 모든 것이 쉽다

근면한 자에겐 모든 것이 쉽고 나태한 자에겐
모든 것이 어렵기만 하다 -프랭클린

집안의 가훈을 보면 성실과 근면이라는 말이 제일 많다. 인생에서 제일 큰 가치로 내세우는 태도가 바로 성실과 근면이다. 제아무리 뛰어난 재주가 있어도 성실하지 않으면 아무 소용이 없다. "구슬이 서 말이라도 꿰어야 보배"라는 속담이 떠오른다. 우리 조상들은 현명한 속담을 많이 만들었다. 그래서 속담을 읽어 보면 인생의 지침이 되곤 한다. 그런데 어디엔가 있을 속담에 관한 책이 안 보여서 찾고 있다. 이게 어디 갔을까?

성실한 사람이 있는 반면에 나태하고 게으른 사람이 있다. 남다른 재주라도 있으면 좋으련만 야속하게 그것마저 없으면 이 사람의 미래는 어두울 것이다. 남들처럼 해서도 힘든 세상에 게으르다면 그의 미래가 암울하다 못해 절망까지 이어질 것이고 매사에 어려움이 닥칠 것이다. 그런 사람이 하는 말에는 공통점이 있다. 바로 "인생은 한 방"이라는 말, 그것이 그의 인생관이 된다. 실패를 하고도 반성하지 않고 오직 언젠가 생길 것 같은 기적을 바라는 헛된 망상만 가슴에 품고 살아간다.

"그때, 우리가 흘려야 할 것은 땀입니다. 눈물이 아닙니다. 어제보다 더 많은 양의 땀, 영혼이 부서질 정도의 땀, 오직 그것 하나뿐입니다. 그렇게 해야만 우리는 진정한 힘을 얻을 수 있습니다. 그렇게 해야만 우리는 꿈의 형상을 현실에 잡아맬 수 있습니다. 불가능해 보이는 모든 조건을 이기고 자신이 세운 꿈의 정상에 우뚝 선 사람들, 그들이 넘어질 때마다 흘렸던 것은 눈물이 아니라 땀이었습니다."

《18시간 몰입의 법칙 - 이지성》 中

2차 대전 중 영국의 수상 처칠은 어떤 자리에서 단 한마디의 말로 연설을 마쳤다.

"절대로, 절대로, 절대로 포기하지 마라"

그것뿐이었다. 명연설을 기대했던 청중들은 어리둥절했지만 처칠의 입에서는 더 이상 해야 할 말이 없었다. 바로 그가 살아온 인생이 포기를 모르고 성실하게 살아온 과정이었기 때문이다. 모든 성공의 이면에는 한결같은 끈기와 성실함이 자리 잡고 있다.

지금 근면하고 성실한 사람에게도 과거에는 게으르고 방탕한 때가 있었을 것이다. 그는 그런 과정을 통해 잘못을 깨닫고 나태한 자신을 바꾸는 일에 전력을 기울였기에 변화된 것이다. 모름지기 사람의 됨됨이는 그의 말과 행동을 통해서 알게 된다. 그럴듯한 말로 현혹하는 사람은 그 밑바탕에 불성실한 마음과 남을 해하려는 사악한 생각이 깃들어 있다. 성실해봐야 소용없다는 생각이 팽배한 사람은 성실함과 담을 쌓게 되고 매사에 약삭빠른 짓만 골라서 하게 된다. 그 사람의 마음속에서는 "행복해지기 위해서는 무슨 일이라도 한다."는 나쁜 생각이 자리 잡고 있다.

평소에 성실하게 살아온 사람은 올바른 가치관을 가지게 된다. 그는 근면한 습관으로 매사가 투명하며 무리하게 일을 시행하지 않는다.

모든 일은 순서가 있고 서두른다고 빨리 할 수 없다. "급할수록 돌아가라"는 말이 있듯 성급한 사람은 실수를 저지르기 쉽다. 성실한 태도는 어떤 유혹이 와도 흔들리지 않는 정직함을 가지게 한다. 성실한 생활 습관과 근면한 태도는 우리 삶에서 없어서는 안 될 귀중한 재산이다.

기적은 믿는 자에게만 일어난다

기적은 기적을 믿는 자에게만 일어난다 —클라우드 브리스톨

여기 부자가 되는 빠른 길이 있다. 그런데 아무리 봐도 이상하다. 황당하기까지 하다. 재테크도 아니고 횡재도 아닌데 부자가 되는 길이란다. 오직 글로 쓰고 말로 하면 된다고 한다. 그런데 그렇게 해서 부자가 된 사람이 정말 있다. 그 실체는 바로 잠재의식의 힘이다. 우리 생각의 90%는 잠재의식에 묻혀있다고 한다. 그것은 평소에 숨어 있다가 우리의 말과 글, 혹은 표면적인 의식에 따라 외부로 나타난다.

지금의 나는 과거에 한 생각의 결과라는 말도 있다. 우리의 생각은 그야말로 보물단지와 같다. 그런데 사람들은 생각하는 것 자체를 힘들어한다. 우리가 하는 말의 대부분은 의식 없는 말장난에 불과하다. 이렇게 해서 부자가 될 수는 없다. 확신을 갖고 하는 말과 생각은 자신감

있는 행동으로 이어진다. 그리고 그 사람은 목표를 이룬다.

"나는 하루에 불과 몇 분만 투자함으로써 남들이 부러워하는 모든 것을 다 가졌다. 나는 전생에 나라를 구한 사람이 아니다. 나는 현생에 내 나라를 내가 만들고 있을 뿐이다. 이제 책을 덮고 자기가 얻고자 하는 것을 명함 뒤편에 적어라. 빼곡히 적어라. 그리고 아침마다 읽어라. 될 때까지 들여다봐라. 복권에 당첨되기를 기대하며 매주 복권을 사는 것보다 그 길이 훨씬 빠르고 현명하다."

《생각의 비밀 - 김승호》中

생각은 행동을 낳는다. 그러나 확신 없는 생각은 목적지 없는 비행기처럼 공중을 떠돌다가 떨어진다. 비행기는 확고한 목표지점을 기억하고 날개를 부단히 조정해서 정상궤도를 이탈할 때마다 수정한다. 사람도 마찬가지다. 목표가 확실하면 과정 중에 이탈하더라도 결국 궤도를 벗어나지 않는다. 그리고 그의 목표는 정확하게 이루어진다.

세상을 살아가면서 우리가 얼마나 쓸데없는데 에너지를 낭비하고 있는지 모른다. 그 실체를 알게 되면 놀랄 것이다.

하루 24시간 중 우리가 쓸 수 있는 시간은 얼마 되지 않는다. 직장을 다니는 사람이라면 시간관념에 대해 생각해 볼 필요가 있다. 요즘은 퇴근 후에도 카톡이나 문자로 업무를 강요하기도 하니 그야말로 자유로운 시간은 정말 부족하다. 그 중요한 시간을 잠이나 오락으로 때우기 때문에 부족한 시간은 그나마 더 없어져 흐지부지 공중으로 사라진다.

현명한 사람은 자신의 길을 가면서 생각이 흔들리지 않는다. 누가 뭐래도 목표를 항상 떠올리며 자신을 다잡는다. 힘들고 피곤해도 목표에 대한 생각은 그를 지배하고 목표를 향해서 한 걸음씩 나아간다. 그는 시간의 지배자가 되고 바쁘다는 핑계는 어느 사이에 사라진다. 거의 대부분의 성공한 사람들이 그런 과정을 거쳐서 꿈을 이룬 것이다.

나보다 나은 사람과 어울려라

칠면조들과 땅바닥을 기어서는 독수리와 날 수 없다 –지그 지글러

나보다 못한 사람들, 비슷한 사람들과 어울려서는 절대로 높은 곳에 갈 수 없다. 이유는 분명하다. 그들로부터 배울 게 없을 뿐더러 오히려 성장을 방해받기 때문이다. 발전과 성공을 원한다면 나보다 나은 사람들과 어울려야 한다. 많은 사람들이 있지만 성공한 사람들은 좀처럼 찾아보기 힘들다. 대부분의 사람들은 평범한 것에 안주하며 살아간다. 성공은 그저 특별한 사람들의 이야기일 뿐이다. 그들의 입에서는 "인생은 어차피 즐기는 거야." 라는 말만 흘러나온다.

한 번 뿐인 인생을 우리는 너무나 낭비하며 살아간다. 마치 무한정 시간이 있는 것처럼 여긴다. 사람들은 죽음에 이르러서야 후회를 한다. 높은 이상을 가지고 꿈을 이루기 위해서는 주변사람들을 바꿔야

한다. 나와 다른 차원이 높은 사람들을 사귀어야 한다. 나에게 자극을 주고 때에 따라서 열정을 불러일으키는 그들을 우리는 멘토라고 칭한다.

"마음을 단단하게 먹고 도약하면 현재 자신이 놓인 수준에서 한 단계 또는 두 단계 탁월한, 훨씬 높은 수준의 사람들과 교제할 수 있습니다. 인간은 관계를 맺고 사는 이들의 영향을 강하게 받는 동물입니다. 수준 높은 사람들과 어울리면, 자신도 자연스럽게 그 사람들의 수준으로 이동해가서 어느덧 확고하게 상승했음을 깨닫게 됩니다."

《배움을 돈으로 바꾸는 기술 – 이노우에 히로유키》中

　　하늘을 나는 독수리처럼 멋지게 살고 싶다면 남들과 다른 인간관계를 맺어야 한다. 아이를 훌륭하게 키우려면 공부하는 분위기가 정착된

환경에서 키워야 한다. "흔히 하는 말에 친구 따라 강남 간다."는 말이 있다. 필자의 경우도 친구의 영향을 받아 지금의 직장을 가지게 된 계기가 되었다. 이처럼 사람은 주변사람의 영향을 받는 존재다.

나보다 낫고 훌륭한 사람을 만나기 위해서는 남다른 용기가 필요하다. 그러기 위해서 자존감을 가질 필요가 있다. 성공한 사람들을 보면 괜히 위축이 되는데 전혀 그럴 필요가 없다. 그들도 처음엔 그저 평범한 사람이었다. 그러므로 기죽어서 말도 못 걸어보는 우를 범하면 안 된다. 성공하려면 패기가 있어야 한다. 주말이면 산에 올라가 고함도 질러보고 사람들 앞에 서는 기회를 찾아 배짱을 길러야 한다. 의기소침하고 나약한 사람이 성공하기는 하늘에 별 따기보다 힘들다.

말은 그 사람의 가치와 비례한다

남을 이롭게 하는 말은 따뜻하기가 햇솜과 같고 남을 해치는 말은
날카롭기가 가시와 같다 –명심보감

'말만 잘하면 천 냥 빚도 갚는다.' 는 속
담이 있다. 이것은 다른 말로 돈보다 말의 위력이 더 대단하다는 뜻과
같다. 말은 남과 소통하기 위한 기본적인 도구다. 남과 잘 소통하기 위
해서는 말을 잘 하려는 노력이 필요하다. 더구나 성공을 원하는 사람
이라면 일반적 대화는 물론 남 앞에서 자신의 의견을 표현할 수 있는
스피치 능력은 필수적이다.

우리나라 사람들은 대체로 감정표현이 서툴고 표정이 어둡다. 외국
사람들이 와서 놀라는 것 중의 하나가 바로 무표정한 사람들의 모습이
라고 한다. 우리민족을 다른 말로 표현하면 '한의 민족' 이라고 할 수
있다. 수많은 침략과 고난의 역사적 사실이 그것을 증명한다. 그리고
그 '한' 의 감정을 되도록 자제하는 것이 처세의 원칙으로 생각하는 경

향도 있다. 그러나 이제는 말로 자신을 표현하는 시대다. 더 이상 자신의 감정을 억제하는 것이 미덕이 아니다.

"특히 기업의 매출과 직결되는 외부 거래처나 고객을 대상으로 하는 비즈니스 현장에서는 설득력의 강도가 높아진다. 따라서 치밀한 전략 및 강한 승부근성과 배짱이 있어야 한다. 직장에서 성공한 사람들의 대부분은 스피치 커뮤니케이션 능력이 뛰어나다. 이러한 능력은 직장생활을 통해서 자연히 익히는 것도 있지만 본인이 스스로 공부를 해서 갈고 닦아야 한다. 설득하는 기술을 터득하라. 그러면 성공의 문은 반쯤 열린 셈이다."

《성공하는 사람들의 화술 테크닉 - 이연우》 中

사람들 앞에서 스피치를 하는 능력은 아주 중요하다. 평소에 사람들과 대화를 잘 하는 사람도 남 앞에서 발표할 기회가 오면 오금을 못 펴고 당황하는 경우가 비일비재하다.

직장이나 사업현장에서 일하는 사람들에게 발표하는 능력은 기본적인 능력이다. 자신의 프로젝트를 브리핑하고 프레젠테이션을 통해 회의를 주관하는 것은 일상적인 것이다. 특히 영업 분야에 있는 사람들은 거의 매일 회의를 하고 사람들을 만나 브리핑을 해야 한다. 그러므로 자신을 소개하고 표현하는 스피치 능력은 업무수행에서 제일 필요한 부분이다.

　스피치는 저절로 키워지는 능력이 아니다. 관심을 가지고 관련된 책을 읽거나 동아리나 세미나를 참석해서 역량을 키워야 한다. 운전면허증을 따더라도 실제 운전을 능숙하게 하려면 차를 몰고 주행을 자주 해봐야 실력이 늘어나는 것과 같다. 이와 마찬가지로 스피치는 타고난 능력이 있는 사람도 간혹 있지만 대부분 후천적인 노력에 의해 개발되는 것이다. 아나운서처럼 매끄럽게 뉴스를 낭독하고 프로그램을 진행하는 능력이 생긴다면 성공의 교두보를 확보하게 된다. 발표를 잘하면 성공의 기회는 널려 있다.

작심삼일이 정답이다

매일 작은 목표를 세워라 –브라이언 트레이시

목표는 아주 중요하다. 배가 항구를 떠날 때 목표가 없다면 어떻게 될까? 우리는 이 질문에 상식적인 답변을 한다. "배는 당연히 목표가 있어야지요." 그런데 정작 우리는 과연 목표가 있을까? 이 질문에는 대답하는 이가 많이 줄어들 것이다. 당장 먹고 살기도 바쁜데 무슨 목표냐고 할지 모르겠다. 그러나 배의 경우처럼 확고한 목표가 없다면 인생이라는 바다에서 표류하게 될 것이다.

우라의 인생도 이와 같이 확실한 목표가 없다면 방황하게 되고 결국 아무것도 이루지 못할 것이다. 따라서 이에 대한 해결책은 목표를 세우고 매일 업데이트하는 것이다. 우리의 뇌는 아주 단순해서 말하고 생각하고 적은 것을 잠재의식에 집어넣는다. 그가 하는 말과 의식, 그리고 노트에 적는 글로 그의 인생이 결정된다.

"중요한 습관중의 하나는 매일 목표를 세우는 일이다. 수년간 내가 가르쳐온 셀 수 없이 많은 사람들은 이 습관이 정말 믿기 어려울 정도로 대단한 효과가 있었다고 말한다. 매일 목표를 세우는 일은 정말 간단하다. 공책 한 권을 사서 목표를 적어놓고 평생 간직하라. 매일 아침 일을 시작하기 전에 공책을 펴고 새로운 쪽을 펼쳐라. 나는 항상 아침을 "내 목표는 무엇이다." 라는 말로 시작한다. 그런 다음 마치 목표를 이룬 것처럼 상위 10~15개 목표를 현재시제로 쓴다. 당신의 잠재의식은 긍정적이고 직접적인 현재시제의 명령에 의해서만 활성화한다. 따라서 "몇 달 내로 살을 뺄 거야." 라고 쓰는 대신 "나는 지금(목표날짜 명시) 몸무게가 몇 킬로그램이다."라고 쓴다. "내년까지 더 많은 돈을 벌 거야." 라고 말하는 대신 "나는 몇 월 몇 일 얼마를 번다." 고 말하는 것이다."

《백 만 불짜리 습관 – 브라이언 트레이시》中

  습관은 사람을 바꾼다. 좋은 습관은 형성하기 힘들지만 그 대가는 아주 놀랍다. 매일 목표를 적는 습관처럼 좋은 것은 없다. 말과 글로 항상 목표를 의식하는 행위는 그 사람의 태도와 인생관을 결정한다. 말보다 글로 남길 때 우리의 잠재의식은 더 확고해진다.

  말은 공중에 날아가지만 글은 그렇지 않다. 언제든 공책을 펼치면 글이 눈에 들어온다. 매일 그 일을 반복하라. 뇌에 각인될 때까지 들여

다보라. 그러면 기적이 일어날 것이다.

목표 없는 삶은 공허하고 허무하다. 대부분의 사람들이 이렇게 살아간다. 성공은 작은 습관부터 시작되는 것이다. 남과 다른 삶을 살고 싶다면 공책 한 권을 준비하고 목표를 10개 적어라. 그리고 그것이 이루어진 모습을 그려보는 것이다. 그러면 매일 매일이 행복해질 것이다. 그 덤으로 목표로 정한 날에 성공한 자신을 보게 될 것이다.

매일 조금씩만 변화하라

어제와 똑같이 살면서 다른 미래를 기대하는 것은
바보 같은 생각이다 –아인슈타인

우리는 매일 똑같은 생각과 행동을 하면서 살아간다. 그런데 이런 식으로 생활하면서 더 나은 미래를 바라는 것은 아주 어리석은 일이다. 무언가 꿈꾸는 일이 있다면 자투리 시간을 활용해서 원하는 일에 열정을 기울여야 한다. 허풍만 늘어놓고 백일몽을 꾸면서 행동하지 않는다면 현실에서 벗어나기란 아주 어렵다. 이루고 싶은 일이 있다면 뭔가 실질적인 생각과 행동을 통해서 내 습관을 바꿔야 한다. 일례를 들어 요리사가 되고 싶으면 일과를 마친 후에 요리책을 사서 보거나 요리학원에 등록하는 것이다. 모든 일은 생각을 거쳐 목표를 설정하고 행동하는 단계를 거쳐 비로소 원하던 일이 이루어지게 되는 것이다.

나는 1인 기업가로 성공하신 공병호 소장을 개인적으로 좋아한다.

필자와 비슷한 인생을 살았고 아침시간을 활용해 책을 쓰고 자기개발과 여러 분야에서 좋은 책을 집필하신 분이기 때문이다. 그의 정신이 깃든 책들이 서점 곳곳에 진열되어 많은 이들에게 열정을 주고 있다. 모든 꿈에는 설계도가 필요하다. 그것은 사람이 될 수도 있고 책도 될 수 있다. 어쨌든 나를 이끌어줄 멘토가 필요하다. 훌륭한 스승 없이 꿈을 이루기란 무척 어렵기 때문이다.

"세상은 변한다. 살아있는 것은 끊임없이 자라난다. 우리도 끊임없이 성장해야 한다. 킹즐리는 이렇게 말했다. "오늘의 임무를 행해라. 그리고 만일 실로 그대가 보았다면 지금 안 보인다거나 이해할 수 없다고 해서 산란해지거나 허약해지지 마라." 열정 있는 사람은 언제나 최선을 다한다. 자신의 일만 하는 게 아니라 주변사람들에게 큰 힘이 되어준다 이 세상에는 세 가지 종류의 사람이 있다고 한다. 꼭 필요한 사람, 있으나 마나 한 사람, 필요 없는 사람이다. 이 중에 꼭 필요한 사람은 분명히 열정이 넘치는 사람이다."
《내 삶을 만들어준 성공노트 – 안상헌》 中

대부분의 직장인들이 회사에 염증을 느껴 다른 일을 꿈꾸지만 현실은 녹록치 않다. 많은 창업자들이 대부분 1년 이내에 시장에서 퇴출되는 현실에서 투자를 섣불리 했다가 낭패를 보는 일이 다반사이기 때문.

이다. 그렇기 때문에 내가 좋아하는 분야를 선정해서 차근차근 진행해 나가야 한다. 험한 산을 오르려면 처음부터 끝까지 해낼 수 있는 체력을 길러야 한다. 내가 할 수 있는 한도 내에서 목표를 잡고 매일같이 실천해 나간다면 꿈이라고 해서 못 이룰 것도 없다.

많은 성공한 사람들의 이야기를 통해 간접경험을 쌓고 조금씩 현실에서 경험을 쌓는다면 조금씩 미래에 대한 희망이 보이기 시작한다. 좀 더 나은 미래를 원한다면 오늘부터 한 계단씩 밟아나가는 습관을 들여야 한다. 시행착오는 조금만 겪어야 한다. 내가 감내할 수준에서 공부와 실전경험을 병행하고 그 결과에 대해 검토하고 개선해 나가는 실천력이 중요하다. 이런 식으로 도전을 계속 한다면 언젠가는 성공이라는 열매를 따게 될 날이 올 것이다.

목표는 확실하게 정하라

바람은 목적지가 없는 배를 밀어주지 않는다 –몽테뉴

인생을 살면서 삶의 목표가 없는 사람들은 표류하게 마련이다. 모든 존재는 목표 없이 존재할 수 없다. 자연은 끊임없이 성장을 위해 경쟁하고 있으며 지금 이 시간에도 쉼 없이 자신을 발전시키고 있다. 확고한 목표가 있는 사람은 거친 폭풍우에도 흔들림 없이 전진한다. 반면에 목표가 없는 사람은 되는대로 살아가기 때문에 목표가 확실한 사람들에게 휘둘리게 된다. 이 세상은 목표가 뚜렷한 사람들 즉, 세상의 1퍼센트에 속하는 이들로 인해 발전하는 것이다.

자연의 법칙처럼 완벽한 것은 없다. 때가 되면 낙엽이 떨어지고 태풍이 분다. 꽃은 피었다가 시들며 동물은 태어났다가 죽는다. 자연은 성장을 목적으로 창조된 것이며 목표를 설정한 이들에게는 갖가지 자연의 은총이 베풀어진다. 주변에는 그의 목표를 돕기 위해 지원군들이 달려온다. 마치 목마른 사람에게 오아시스가 나타나듯이 그에게는 행운이 거듭해서 일어난다. 이 세상의 모든 물질들은 의지를 갖고 있는 존재에게 자석처럼 달라붙는다.

"토끼와 거북이의 경주에서 거북이가 이긴 까닭은 무엇일까? 토끼는 거북이라는 경쟁상대만 보고 있었지만 거북이는 오로지 산에 올라가 깃발을 꽂는 일만 생각했기 때문이다. 즉 거북이는 목표만을 바라보고 있었던 것이다.?"

《생산적 책 읽기 50 – 안상헌》 中

　목표가 확실한 사람은 어느 누구도 말릴 수 없다. 거북이는 느리지만 목표가 있었기 때문에 결국 토끼를 이긴 것이다. 이처럼 세상은 목표를 가진 거북이가 이기게 되어 있다. 원대한 목표는 사람에게 열정을 불어넣는다. 배를 밀어주는 바람은 바로 열정이라는 기름이다. 돛을 올리고 모든 전력을 가동해서 목표를 향해 질주하는 배는 기어이 섬에 다다르고 만다.

　삶의 목표가 정해지지 않았다면 잠깐 일을 멈추고 조용한 곳에서 자신의 마음을 살펴 볼 필요가 있다. 명상이라는 과정을 통해 어렴풋이 내 안에 숨겨져 있던 내면의 소망이 떠오를 것이다. 이제는 일상이

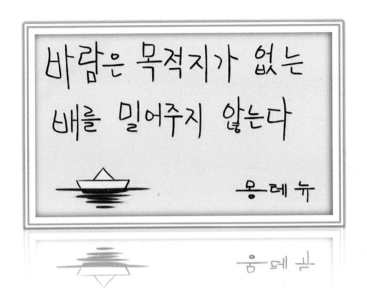

라는 쳇바퀴에서 벗어나 진짜 하고 싶은 일을 도전해야 할 때이다. 그 시작은 바로 목표를 세우는 일이 될 것이다.

상상력이 세상을 바꾼다

상상력은 지식보다 중요하다 –아인슈타인

부자가 되는 방법은 여러 가지가 있지만 마음의 힘을 사용하는 방법이 있다. 상상의 힘을 한번 생각해보자. 우리가 누리는 모든 문명은 바로 인간의 상상력에서 출발한 것이다. 우리가 단순한 지식으로만 살아왔다면 손도끼에서 문명이 끝나고 말이나 타고 다녔을지도 모른다. 마실 물을 긷기 위해 지금도 먼 길을 걸어야 하는 건 당연하다.

그러나 인간의 가장 큰 무기인 상상력이 펼쳐지면서 우리의 생활은 몰라보게 발전을 한 것이다. 불과 백년 만에 인류는 초고도 정보화 사회를 이룩했다. 이것이 바로 상상력의 놀라운 힘이다. 우리나라도 50년 만에 고도성장을 이루었고 세계 10위안에 드는 경제대국으로 성장했다. 근면과 성실 그리고 특유의 과학적 상상력이 우리의 발전을 이

룩해 낸 초석이다.

"화장품 외판원생활을 접고 화장품가게를 시작했을 때 나는 기왕이면 우리 집 화장품이 대형백화점에서도 판매되었으면 좋겠다는 생각을 했다. 그리하여 내가 만든 제품들을 가지고 백화점에 찾아갔지만 문전 박대만 당했을 뿐이었다. 나는 방법을 바꿔야만 했다. 나는 마음자세부터 바꾸어야 했다. 나는 뛰어난 운동선수들, 사업가들, 투자가들의 성공비결에 대해 연구했다. 그리고 그들 모두가 성공하기 위해 시각화 연습을 했음을 발견했다. 그날부터 나는 대형백화점에서 우리 집 제품이 대규모로 판매되는 그림을 그리기 시작했다. 아마도 수천 번도 넘게 그렸을 것이다. 구멍가게 수준에 불과했던 에스티 로더는 그렇게 백화점에 입점했고 세계적인 기업으로 성장했다."

《18시간 몰입의 법칙 - 이지성》中

놀라운 성공을 거둔 사람들의 이면에는 공통점이 하나씩 있는데 그것이 바로 상상력이다. 이미지를 구체화시키는 심상화 기법은 자기개발서적에서 주로 다루고 있다. 너무 많이 언급해서 식상한 이야기지만 실제로 심상화 기법은 매우 과학적이고 정교하다. 우리가 꿈을 상상하고 매일같이 생각하면 원하는 일이 나에게 이루어진다는 거짓말 같은 일들이 실제로 많은 이들의 경험을 통해 실증되었다.

이것은 매우 놀라운 법칙으로 성공한 사람들 사이에서는 공공연한 비밀로 전수되어 왔다. 예전에 《시크릿》이라는 책이 엄청난 인기를 누린 일도 우연이 아닌 것이다. 필자도 그 책을 통해 삶 자체를 다시 돌아보게 된 계기가 되었다. 이와 같이 상상력과 이미지화기법은 사람들의 입을 통해 전해지면서 성공의 필수요소로 등장하게 되었다. 인간의 뇌는 단순해서 생각을 구체화시키면 그것을 현실세계에서 이루어지게 만든다고 한다. 설령 현재는 가난과 질병 속에서 살더라도 상상 속에서 건강하고 풍요로운 자신을 그려보자. 생각의 힘은 위대하다. 우리가 생각하는 일이 그대로 이루어지는 비결은 바로 상상력이다.

사람들은 이런 말을 들으면 바로 무시하거나 웃어넘기는데 이것은 매우 안타까운 일이다. 우리의 잠재력은 아주 무궁무진하며 아인슈타

인도 상상력을 사용해서 놀라운 발견을 이룩한 것이다. 문자 그대로 인간의 상상은 무한대로 이루어지는 요술램프와 같다. 이 능력을 사장 시키고 평범하게 살아가는 이들이 너무나 많다. 현실은 결코 꿈을 보여주지 않는다. 오직 상상력의 힘이 다른 세계의 초청장이 되어줄 것이다.

오늘의 나를 있게 한 독서의 힘

오늘의 나를 있게 한 것은 우리 마을 도서관이었고 하버드 졸업장보다
소중한 것이 독서하는 습관이다 -빌 게이츠

'책보다 훌륭한 스승은 없다.' 라는 말이
생각난다. 동서고금을 막론하고 배움에 있어 으뜸으로 여기는 것은 독
서 외에 다른 것이 없다. 성공한 부자들치고 독서를 습관으로 가지지
않은 사람은 거의 없다. 가난한 사람들에게 물어보면 독서할 시간이
없을 정도로 바쁘게 산다고 한다. 그러나 그건 거짓말이다. 화장실에
가는 시간이나 출퇴근하는 귀중한 시간을 우리는 아무 생각 없이 낭비
하며 책과 멀어진다.

독서는 취미가 아니다. 생존을 위한 필수조건이다. 예전에는 열심
히 일만 하면 어느 정도 재산을 형성할 수가 있었지만 지금 세상은 다
르다. 하나의 번뜩이는 아이디어로 하루아침에 부자의 대열에 올라설
수 있는 때가 된지 오래이다. 아이디어는 가만히 앉아서 생기는 것이

아니다. 독서하고 사색하고 몰입할 때 새로운 아이디어가 떠오른다. 그래서 부자들은 일찌감치 책에서 영감을 얻고 그것으로 새로운 아이템을 창조해서 시장에 내다 파는 것이다.

"어느 현자가 이런 말을 했다. 한 인간은 그가 읽은 책의 총합이다. 왜 책을 읽는 것이 중요할까? 우선 그것이 곧 아이디어로 이어지기 때문이다. 우리가 습득하는 새로운 단어는 모두 새로운 아이디어를 의미한다. 아이디어야 말로 돈으로 환산할 수 없는 재산이다. 책 읽기가 중요한 또 다른 이유는 우리의 수입이 우리가 책을 읽는 양에 비례해서 늘어나기 때문이다.

현대에는 책이 곧 생활의 일부이기 때문에, 우리는 책읽기에 더없이 좋은 세상에 살고 있다. 언제는 안 그랬느냐고 생각한다면 그건 큰 오산이다. 당신이 19세기에만 살았어도 자기 책을 한 권도 가져보지 못한 채 세상을 떠날 수도 있었다. 다른 사람이 수 년 동안 경험하고 연구한 정수를 단 몇 시간 만에 읽을 수 있다는 건 정말 대단한 행운이다."

《돈 - 보도 섀퍼》中

독서와 성공은 새의 양 날개와 같다. 부자가 되고 싶은데 독서가 싫다는 사람들이 있다. 그 사람들은 그저 열심히 일만 할 수밖에 없다. 그런데 열심히 일만 한다고 부자가 되지는 못한다는데 한계가 있다.

성공을 하려면 남보다 다른 창조력과 탁월함, 차별성과 독특함, 친절함, 여러 가지 요소가 어우러져야 한다. 독서는 그런 딜레마를 해결해 주는 유용한 무기다.

자기개발서적을 하찮게 보는 사람들이 있다. 그런데 그런 사람들은 성공의 대열에 들어서 기가 힘들다. 한 권의 책 속에는 그 책의 저자가 보통 몇 년간 심혈을 기울여서 집필한 내용이 들어있다. 그러므로 독자에게 도움이 되는 지식이 어느 정도 들어있게 마련이다. 그런 책을 폄하하고 우습게 여긴다면 부자가 되는 기회를 놓치는 것이다.

아침에 일찍 일어나야 한다고 하면서도 늦게 일어나고 성실하게 살아야 한다면서도 하릴없이 시간을 낭비하는 게 보통사람들의 일상이다. 그런 사람들이 성공한 사람들을 따라잡기란 요원하다. 정작 실천은 못하면서 비판만 하는 사람들은 절대로 성공할 수 없다. 대부분의 사람들은 좋은 습관을 가지고 있지 않다. 자신의 본능에 의지해서 안락한 현실에 안주하려고 하기 때문이다.

"성공은 아무나 하는 게 아냐"라고 하는 사람이 있다. 그런 사람들은 자존심만 세다. "나는 그런 사람과 달라" 하고 말하면서 비판을 통해 자신을 합리화한다. 그런 생활이 습관이 되면 성공과 담을 쌓게 되고 결국 언젠가는 후회하는 자신을 발견하게 된다.

하루 86400초, 시간을 목숨처럼 여겨라

하루하루를 우리의 마지막 날 인 듯이
살아야 한다 –푸블릴리우스 시루스

하루 86400초가 당신에게 매일 지급된
다. 시간을 효율적으로 사용하려면 일찍 자고 일찍 일어나는 방법이
제일 효과적이다. 일반인들은 보통 TV시청으로 퇴근 후의 시간을 소
모한다. 그 시간처럼 아까운 시간은 없다. 시간을 효율적으로 이용하
려면 아침에 일찍 일어나야 한다. 그러려면 일찍 잠자리에 들 수밖에
없다. 그러자면 TV를 보지 않거나 아예 나처럼 TV를 없애야 한다. 그
것도 컴퓨터나 스마트폰이 있으니 유혹은 그치지 않지만 그나마 효과
적인 방법이다.

아침 1시간을 오롯이 자기만의 시간으로 활용하면 얻는 게 한두 가
지가 아니다. 일단 부지런한 습관이 들어서 출근도 여유롭게 할 수 있
고 하루의 계획을 미리 점검하는 계기도 만들 수 있다. 영어회화나 독

서에 시간을 할애할 수 있으며 운동도 할 수 있다. 성공한 사람들의 일과를 보면 대부분 저녁 10시에서 늦어도 11시에는 잠자리에 들고 아침 4시나 5시에는 일어난다고 한다. 어떤 논문에 의하면 새벽 다섯 시가 사람에게 제일 무난한 기상시간이라는 연구결과가 나와 있다.

아침시간은 거의 황금 같은 시간이라고 할 수 있다. 늦게 일어나서 밥도 못 먹고 만원전철에 시달리는 직장인들을 보노라면 안타까운 마음이 든다. 조금만 서두르면 느긋하게 조금 편안한 출근을 할 텐데 하는 생각이 들어서 그런 것이다. 우리의 하루는 의외로 짧다. 아침에 조금만 일찍 일어나면 하루를 두 배로 산 것 같은 느낌이 들것이다.

"미국의 시간관리 전문가인 마이클포터에 따르면 미국인들은 칠십 평생 동안 실제로 유용하게 쓰는 시간이 고작 27년이라고 한다. 줄 서는데 5년, 신호등 앞에서 6개월, 전화 바꿔주는데 2년, 가사 일에 4년, 먹는데 6년, 잠자는데 23년 등 먹고, 자고, 줄을 서서 기다리는 시간을 모두 합하면 43년이다. 또 하루 24시간 중 온전히 활용할 수 있는 시간은 아홉 시간에 불과하다."
《다 이룬 것처럼 살아라 - 이내화》中

시간관리는 다른 것이 아니다. 오늘 할 일을 오늘 끝내는 것이다. 우선순위를 정해놓고 메모지에 적은 다음 완료할 때마다 하나씩 지워

나가는 것이 시간관리의 노하우다. 매일 할 일을 그날로 마감하면 한 달 후에 몰라보게 쌓여있는 성과들이 눈에 들어올 것이다. 하루에 팔 굽혀펴기 10개를 매일 하면 1년 후에는 3650개다. 매일 영어단어를 1 개씩만 외워도 365개이며 책을 한 장씩만 읽어도 한 권을 읽을 수 있 다. 물론 모든 것에는 이자가 붙기 때문에 아마도 1년 후에는 기본목표 에 +알파가 붙어 있을 것이다.

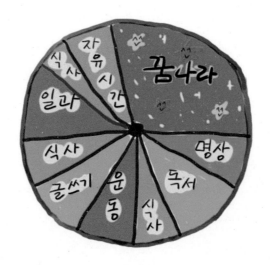

우리의 인생은 의외로 짧다. 필자도 40살이 넘어서부터 흘러가는 시간이 점점 더 빠르다는 걸 실감하고 있다. 영국의 유명한 극작가 '버 나드 쇼'는 묘비명에서 "내가 우물쭈물하다가 이럴 줄 알았지." 라는 글을 남겼다. 그러므로 죽는 순간에 내가 잘 살았다는 생각이 들게끔 주어진 하루를 알차게 보내야 한다. 내일 죽는다는 생각을 갖고 살아가면 1분 1초가 소중하게 여겨질 것이며 쓸데없이 보내는 시간이 현저하게 줄어들 것이다.

벌써 올해도 거의 다 지나가고 있다. 낙엽이 지고 눈이 오면 나이 한 살 더 먹는다는 생각에 아쉬운 마음이 든다. 올해는 내가 진정으로 해야 할 일을 발견하고 인생의 전환점을 맞이했다. 내 인생에서 제일 의미 있는 시간을 보내고 있다. 그래서 매일 아침 일어날 때마다 주어진 하루에 대해 감사를 드리고 있다.

CHAPTER 02 [TUESDAY]

2장

[화요일]

**더욱 건강한 몸을 원하는
사람들을 위한 명언**

노동은 축복이다

건강은 노동으로부터 생기며 건강으로부터
만족이 생긴다 –윌리엄. 피트

사람은 노동을 하며 살아간다. 그것이 육
체적이든 정신적이든 상관없이 노동을 하지 않고
살아가는 사람은 없다. 그래서 일하지 않고 놀면서 살았으면 하는
마음이 저마다 가득하다. 대신에 여행을 가거나 취미생활을 하고 싶은
것이다. 일하지 않아도 살아가는데 지장이 없다면 얼마나 행복할까?
이런 생각이 사람들을 백일몽으로 이끌기도 한다.

그러나 노동은 신의 축복과 같다. 인생을 살아가면서 무위도식하는
것처럼 어려운 일은 없다. 사실 노는 것도 한두 달이다. 아무리 경치가
좋은 곳에 살아도 한 달이면 식상해진다고 한다. 결국 사람은 일을 찾
게 된다. "나는 자연인이다." 라는 방송프로그램을 보면 그들이 밭을
경작하고 나름대로 소일거리를 찾아서 일하는 것을 볼 수 있다. 세상

일에 지쳐서 산에 들어간 사람들도 결국 노동을 통해 활력과 행복을 찾는 것이다.

"게으른 자여 개미에게 가서 그가 하는 것을 보고 지혜를 얻으라.
개미는 두령도 없고 감독자도 없고 통치자도 없으되
먹을 것을 여름 동안에 예비하며 추수 때에 양식을 모으느니라.
게으른 자여 네가 어느 때까지 누워 있겠느냐.
네가 어느 때에 잠이 깨어 일어나겠느냐.
좀 더 자자 좀 더 졸자 손을 모으고 좀 더 누워있자 하면
네 빈궁이 강도같이 오며 네 곤핍이 군사같이 이르리라."

《잠언6장》中

인간에게 알맞은 노동은 시골에서 농사를 짓는 것이라고 한다. 과거를 돌이켜보면 100년 전만 하더라도 우리의 조상님들은 대부분 농사일을 하며 살았다. 그 시절에는 가족들과 같이 어울려 일하면서 살았기에 가족 간의 정도 넘쳐났다. 물론 지금처럼 물질적으로 풍요롭지는 않았지만 그런 조건이 오히려 건강에는 이득이 되었다. 노동을 통해 땀을 흘리는 것처럼 좋은 것이 없다.

어떤 연구에 의하면 운동할 때 흘린 땀과 일하면서 흘린 땀의 성분을 분석해보니 일을 통해 흘린 땀의 성분에서 노폐물이 더 많이 나왔

건강은 노동
으로부터 생기며 건강
으로부터 만족이 생긴다

윌리엄. 피트

다고 한다. 이것만 보아도 노동이 사람에게 얼마나 좋은 것인지 알 것
이다. 사람들은 편한 것을 추구하지만 노동을 하지 않고 사는 사람에
게 성취감은 없을 것이고 건강적인 측면에서도 좋을 것은 별로 없다.
사람은 노동을 해서 자신의 존재가치를 찾아내며 노동에서 얻은 소산
을 통해 가족들을 부양하는 것으로 삶의 의미를 찾는다. 노동이야말로
삶의 기쁨이요, 활력소가 된다.

건강을 지키는 것은 당신의 의무다

건강을 유지하는 것은 자신에 대한 의무이며
사회에 대한 의무이다 −프랭클린

건강한 몸을 누구나 소망한다. 건강하고
활력이 넘치는 사람은 누가 보아도 아름다운 모습이다. 우리는 방송에
나오는 멋진 몸매의 연예인들에 열광한다. 나도 예전에 '수지'라는 배
우를 좋아해서 한동안 팬이었던 적이 있다. 날씬하고 건강한 사람을
좋아하는 마음은 누구나 똑같을 것이다. "건강한 몸에 건전한 정신이
깃든다."는 말에서 보듯 몸이 건강해야 바른 마음을 가지게 된다. 몸
이 아프거나 불편하면 마음도 찌그러지고 어두워진다.

병원에 가면 자신도 모르게 환자들처럼 몸이 아파지는 경험이 있
다. 아픈 환자를 보면 같은 에너지를 느끼기 때문에 내 몸도 아픈 것이
다. 그러므로 몸과 마음은 붙어있는 가족과 같다. 건강한 사람이 많으
면 사회적으로도 큰 힘이 된다. 군대를 예로 들어 나약한 군인이 많아

지면 국방력이 흔들릴 것이며 회사에서도 아픈 직원이 많으면 회사경영이 어려워질 것이다. 건강은 개인적으로 좋은 점도 있지만 사회적, 국가적으로도 이익이다.

나는 과거에 얻은 지병으로 수 십 년간 고생을 하고 살아와서 건강한 사람을 보면 부러울 때가 있다. 어디 한 군데라도 아프면 하는 일도 귀찮고 정신적으로도 스트레스에 시달리게 된다. 그러므로 건강은 건강할 때 지켜야 하고 너무 편하고 무절제한 생활은 금지해야 한다. 아침에 일찍 일어나는 습관만으로도 우리는 건강을 어느 정도 지킬 수 있다.

〈알아두면 좋은 생활습관〉

1. 아침에 제대로 세수를 한다. 일어나자마자 냉수마찰 건포마찰, 샤워 등을 하는 것이 좋지만 그렇게 하지 못할 때는 최소한 세수를 할 때 목덜미와 귀를 자극하여 씻는다.
2. 일주일에 3회 이상 땀이 흐를 정도로 운동을 한다.
3. 밥은 현미나 잡곡밥, 혼합 곡 위주로 먹고 반찬을 골고루 먹는다. 가급적이면 아침밥을 먹고 저녁은 과식하지 않는다.
4. 하루 한 번 이상 우유와 요구르트를 먹는다.
5. 물은 자주 마신다.

6. 자기 전에 약간 따뜻한 물로 목욕을 한다.

7. 틈틈이 숨쉬기운동을 한다. 숨쉬기방법으로는 복식호흡, 단전호흡, 항문호흡 등이 있는데 가장 기본적인 방법은 복식호흡이다.

8. 기도, 명상 등 정신건강에 좋은 시간을 갖는다. 감사하는 마음과 밝은 마음을 갖는 것도 정신건강에 좋다.

9. 술, 담배를 멀리 한다.

10. 잠을 규칙적으로 자고 정해진 시간에 일어난다.

《우리가 미처 몰랐던 건강에 대한 진실 - 헬스경향》 中

'세상에서 가장 어리석은 이는 어떤 이익을 위해 건강을 희생하는 자이다.'라는 스펜서의 명언처럼 돈이나 물질의 충족을 위해 자신의 건강을 해치는 사람들이 제일 어리석은 사람들이다. 나 역시 과거에 부동산이나 주식투자를 광적으로 했었고 주말마다 로또를 사며 부자에 대한 집착으로 살았다. 성공만 하면 전원생활을 즐기며 신나게 여행도 가는 꿈을 꾸며 현재를 저당 잡히고 살아온 것이다. 그 결과 건강이 나빠지게 되었고 항상 불안하고 초조한 생활을 영위할 수밖에 없었다. 이런 삶을 사는 이들이 대체적으로 많은 게 현실이다.

이른바 성공중독에 걸려 자신의 건강이 무너지는지도 모르고 사는 것이다. 물론 현실적으로 돈이 많으면 좋은 게 사실이지만 건강보다 중요하지는 않다. 우리는 그 점을 간과해서는 안 된다. 내가 건강을 지

키지 못해 쓰러지면 돈이 아무리 많아도 소용없다. 소 잃고 외양간

고치지 말고 이제부터라도 돈에 대한 집착을 버리고 건강에 신경 써야 한다. 성실한 방법으로 돈을 버는 방법은 얼마든지 있다.

우리 몸은 규칙적인 생활을 할 때 원활하게 작동하며 밤늦게까지 야식을 먹거나 지나친 오락을 하면 건강에 악영향을 주게 된다. 무절제한 생활은 안 좋은 습관을 형성하게 되어 건강에 치명적이다. 우리의 몸은 기본적으로 건강을 유지하려 애쓰지만 "술에는 장사 없다." 는 격언처럼 나쁜 습관을 거듭하다 보면 건강은 무너지게 된다. 규칙적으로 운동하고 채소위주의 식사를 병행할 때 우리의 몸은 건강해진다.

행복하고 싶다면 신체를 먼저 돌보라

건강한 신체는 영혼을 위한 침실이나 병든 몸은
영혼의 감옥이다 –베이컨

건강한 몸은 최고의 행복을 갖추는데 기본이다. 건강이 무너지면 재물과 명예가 아무 소용이 없다. 건강처럼 소중한 것은 없다고 단언할 수밖에 없는 이유가 그것에 있다. 그래서 진시황은 불로초를 구하려 애썼고 무병장수는 모든 사람의 소원이다. 몸과 마음이 다 건강한 사람은 무엇이든 원하는 것을 이루게 된다.

사람은 병이 들었을 때 건강의 소중함을 깨닫는다. 그러므로 평소에 건강에 신경 써야 한다. 우리가 어린 시절에 많이 들었던 소리는 "평소에 공부해라." 는 부모님의 말이었다. 그런데 이것은 소중한 건강에도 예외가 없다. 평소 건강에 신경 쓰지 않고서는 병이 찾아오게 마련이다. 병이란 녀석은 방심하는 틈을 타서 간첩이 침투하듯 우리 몸에 들어온다.

나도 허리에 병을 달고 살아간다. 일명 '허리디스크'라는 병인데 겉보기에는 멀쩡해도 한번 아프면 허리를 못 들 정도로 심하다. 그래서 허리가 건강한 사람을 보면 부러울 때가 많다. 남자라고 해서 무거운 물건을 들어야 할 때도 있는데 내게는 고역이다. 그럴 때마다 느끼는 건 건강의 소중함이다.

〈동의보감 건강 10훈〉

첫째, 화는 적게 내고 자주 웃어라.

둘째, 걱정은 줄이고 잠을 많이 자라.

셋째, 욕심을 적게 하고 많이 베풀어라.

넷째, 말은 적게 하고 행동을 많이 하라.

다섯째, 탈 것을 멀리하고 많이 걸어라.

여섯째, 옷을 적게 입고 목욕을 자주 해라.

일곱째, 음식은 적게 먹되 오래 씹어 삼켜라.

여덟째, 고기는 적게 먹고 채소를 많이 먹어라.

아홉째, 단 것을 적게 먹고 과일을 자주 먹어라.

열째, 맛이 진한 음식을 줄이고 담백하고 소박한 음식을 많이 먹어라.

《건강박사 유태종의 9988 건강습관》中

건강한 사람은 매사에 적극적이며 활동력이 넓어진다. 여행이나 일을 수행함에 있어서 건강하다는 것은 무척 큰 이점이다. 노인들이 흔히 하는 말이 있다. "내가 몇 살만 젊었어도."라는 말이다. 젊은 사람이 부럽다는 말이다. 돈 10억과 팔십 나이를 바꾸라면 누가 바꿀까? 아마 바꿀 사람은 한 사람도 없을 것이다. 그만큼 건강은 물질보다 우선이다.

건강을 챙기고 유지하는 일이 삶에서 제일 중요한 일이다. 몸에 나쁜 음식을 자제하고 과일과 야채로 균형 잡힌 식사가 무엇보다 중요하다. 그리고 덧붙여 운동하는 습관이 수반되어야 한다. 건강할 때 건강의 소중함을 알고 감사하는 습관도 중요하다. 몸은 마음의 표현이라는 말도 있다. 마음의 건강은 몸의 건강으로 이루어진다. 몸의 건강만큼이나 정신건강이 중요시되는 시대다.

04

달리는 사람은 아플 틈이 없다

체력은 건강한 신체를 갖는데 가장 중요한 요소일 뿐만 아니라 역동적이고
창조적인 지적활동의 기초가 된다 -케네디

운동만큼 좋은 활동은 없다. 운동을 하면
심폐지구력이 좋아지고 근육량이 늘어서 힘이 세지고 잔병치레도 줄
어든다. 면역력이 좋아지고 자신감이 높아진다. 운동의 좋은 점은 한
두가지가 아닌데 운동을 하면 정신적으로도 쾌활해지고 엔도르핀이라
는 호르몬이 나와 기분도 좋아진다.

운동의 또 다른 장점은 사람이 부지런해진다는 데 있다. 운동은 사
람을 부지런한 사람으로 만든다. 규칙적인 운동을 하는 사람은 항상
활력이 넘치고 일도 잘하게 마련이다. 운동하는 사람은 자신과 타인을
사랑할 줄 아는 사람이다. 자기 자신을 사랑하지 않는 사람은 운동을
하지 않는다. 운동의 좋은 점을 알면서도 실천하지 않는 것은 자신을
서서히 죽이는 행위이기 때문이다.

"달리기 운동을 꾸준히 하는 중년은 신체적, 정신적 기능이 향상돼 장수한다는 연구결과가 있다. 스탠퍼드대학교 의과대학 연구팀이 규칙적으로 달리기를 하는 사람들과 그렇지 않은 사람들을 20년간 추적 조사한 결과다. 달리기가 면역시스템을 강화해 수명을 연장시킨다. 달리기가 아니더라도 매일 30분씩 걷는 것만으로도 수명을 늘릴 수 있다는 보고가 있으며 집안일처럼 일상 활동량을 늘리는 것 역시 장수의 비결이라는 연구결과가 있다. 또 하체를 강화하면 넘어져 다칠 확률이 줄어들기 때문에 마찬가지로 조기 사망 위험률이 떨어진다."

〈장수하는 사람들의 생활습관〉중에서

장수촌에 가보면 노인들이 잘 웃고 소식을 하며 식사 후에는 동네 한 바퀴를 도는 산책을 통해서 규칙적인 운동을 한다는 점을 알 수 있다. 집안일이라도 부지런히 하면 자연히 몸을 움직이게 되므로 운동의 효과가 나타난다. 어떤 노인의 인터뷰를 보니 우리부부의 행복비결은 자신이 설거지를 평생 했기 때문이라는 말이 나온다. 가사노동의 분담으로 부부간에 행복해지고 화목한 가정이 되었다는 이야기다.

우리는 인생의 목표를 대부분 행복해지는데 두고 산다. 행복은 과연 어떻게 어떤 상태로 있을 때 올까? 행복의 가장 큰 요소 가운데 하나는 몸의 건강이다. 돈을 잃으면 다시 벌면 되지만 건강을 잃으면 회복하는데 무척 어렵다. 인간은 돈을 벌기위해 건강을 잃고 다시 건강을 찾기 위해 벌은 돈을 다 쓴다는 말이 있다. 돈에 대한 욕심은 건강에 좋지 않다. 물질에 대한 욕심을 조금만 줄인다면 건강을 유지하는데 도움이 될 것이다.

분노를 이겨라

가장 멋진 승리는 자기 마음의 분노를 이기는 것이다 -라퐁텐

분노는 사람을 파괴하는 성질을 지니고 있다. "옛 말에 세 번을 참으면 살인도 면한다."는 말이 있다. 분노가 치밀더라도 인내하면 나중에 좋은 일이 온다는 뜻이다. 사람이 살아가면서 화를 내지 않고 살아간다는 것은 정말 어려운 일중에 하나이다. 우리는 분노사회에 살아가고 있다. 한국인의 생활습관은 너무나 바쁜 일상으로 인해 분노를 유발하는 시스템에 노출되어있다. 각박한 인간관계에 지친 사람들은 이제 혼밥과 혼술문화를 탄생시켰고 소통자체를 거부하는 사람들도 늘어나는 추세이다.

한국인에게는 독특한 질병이 하나 있는데 바로 화병이다. 일명 화로 인해 가슴에 뭔가 얹힌 듯 불편한 증상인데 주로 여자들에게 찾아온다고 한다. 나의 어머님도 고된 시집살이로 인해 화병에 시달리셨다

고 한다. 윗사람에게 잔소리나 부당한 지시를 받고도 화를 표출하지 못하고 가슴에 품고 살다가 맞이하는 화병은 그 뿌리도 깊고 치유하는 데 오랜 시간이 걸린다. 지금 당장 화병이 의심된다면 가슴에 손을 대고 한번 만져보자. 뭔가 명치 한가운데 묵직한 덩어리가 만져지면 자신에게 화병이 있다는 신호이다. 나도 예전에 명치를 만져보다가 덩어리가 실제로 만져져서 깜짝 놀란 적이 있다.

여자에게 많은 화병이 이제는 남자에게도 많이 발견된다고 한다. 현대사회는 남자들에게 별로 유리하지 않은 환경이다. 조선시대처럼 남자가 군림하던 시대가 지나갔고 오히려 여자들로부터 역차별을 당하지 않으면 다행인 세상이다. 의무만 많고 보상이 적은 사회적 특성이 남자들에게 적용되고 있다. 그러나 그렇다고 손 놓고 한탄만 할 수는 없다. 화병의 원인을 찾아내서 치유하고 건강한 삶을 살아가야 할 책임이 누구에게나 필요하다.

"화는 모든 불행의 근원이다.
화를 안고 사는 것은 독을 품고 사는 것과 마찬가지다.
화는 나와 타인과의 관계를 고통스럽게 하며
인생의 많은 문을 닫히게 한다.
따라서 화를 다스릴 때
우리는 미움 시기 절망과 같은 감정에서 자유로워지며

타인과의 사이에 얽혀있는 모든 매듭을 풀고

진정한 행복을 얻을 수 있다."

《화 – 틱 낫한》 中

내 마음속에 있는 초록괴물을 조심하세요.

분노나 화를 자주 내는 사람은 심장병에 걸릴 확률이 높아진다고
한다. 그러므로 화를 다스리는 것은 자신의 건강에 아주 중요한 것이
다. 분노가 치밀면 일단 심호흡을 하면서 숫자를 세라고 한다. 화를 진
정시키는데 시간이 필요하다는 뜻이다. 화가 치밀면 한숨을 쉬게 된
다. 우리 몸속에 아드레날린이 분비되어 흥분이 되면 저절로 한숨이
나오게 된다. 그리고 뇌의 편도체가 부풀어 격한 감정이 일어나고 두
려움이 엄습한다. 상대에 대한 적개심으로 눈이 충혈 되고 말이 거칠
어진다. 이런 일이 계속 되면 사람은 정말 괴로울 것이다. 그러나 다행

히도 분노는 시간이 지나면 사라진다. 분노의 제일 좋은 약은 시간이다. 그래서 화가 치밀 때 일단 그 장소를 벗어나서 산책을 하던지 자신이 제일 좋아하는 활동에 정신을 집중하는 것이 좋다. 나는 그런 상황이 오면 한적한 곳에 가서 소리를 지르거나 산책을 통해 좋은 효과를 보았다.

인생을 살면서 크고 작은 분노에 시달리는 건 어쩔 수 없는 인간의 숙명이다. 그러나 이에 대한 해결법도 존재한다. 자신에게 맞는 분노 해소법을 한 가지 정도는 가지고 있어야 한다. 적절한 스트레스는 오히려 사람에게 좋다고 한다. 화가 치민다고 고민하기보다는 가만히 3자의 눈으로 바라보는 습관이 좋다고 한다. 인생의 모든 사건은 멀리서 보면 사실 중요한 것이 하나도 없다는 이야기가 있다. 찰리 채플린의 한 마디 말은 인생을 단적으로 표현하고 있다 "인생은 가까이서 보면 비극이지만 멀리서 보면 희극이다."

명랑함은 큰 재산이다

밝은 성격은 무엇보다 소중한 재산이다 -카네기

건강하려면 어떻게 해야 할까? 의사들은 일반적으로 규칙적인 식사와 적당한 운동을 권장한다. 그리고 정신적인 건강을 위해서는 대인관계의 원만함을 필요로 한다. 그런데 운동은 하면서도 정신건강에는 소홀한 사람들이 많다. 지나친 운동은 오히려 독이 된다. 그러나 그보다 더 심한 독은 마음의 병이다. 우울증에 걸리면 마음은 물론 몸에도 영향을 미쳐서 정상적인 생활을 못하게 한다. 건강하기 위해서는 몸과 마음의 조화가 필요하다. 그러기 위해서 긍정적이고 밝은 성격이 필요하다.

모두가 바라는 성격은 밝고 긍정적인 성격이다. 항상 밝은 미소와 쾌활한 성격을 지닌 사람은 어디 가서나 인기를 누린다. 쾌활한 사람은 누구나 다 좋아한다. 미소를 짓는 사람에게 반감을 갖는 사람은 거의 없을 것이다. 항상 찡그리고 부정적인 말을 내뱉는 사람은 자존감이 부족한 사람이다. 자기의 약점을 들킬까 싶어 부정적인 언어로 자신을 보호하는 것이다. 매사에 감사하는 습관을 들이면 저절로 얼굴이 밝아질 수밖에 없다.

"무지개는 희망이라지요? 정열적인 빨간 웃음 맛깔스러운 주황 웃음 명랑한 노란 웃음 편안하고 풋풋한 초록 웃음 통쾌한 파란 웃음 고상한 남색 웃음 신비하고 우아한 보라 웃음 두 팔 벌린 무지개 손짓 따라 곱고 고운 일곱 빛깔 웃음 안고 새벽이 어둠을 삼키듯 웃음은 아픔을 끌어안습니다. 구름 뒤에서 얼굴을 내밀 듯 일곱 빛깔 무지개 웃음은 희망이요 행복입니다."

《무지개웃음 – 정다겸》 中

작은 것에 감사를 느끼지 못하는 사람은 마음의 여유가 없다. 그러므로 세상에 대해 비관적이고 냉소적으로 바뀌게 된다. 어린아이가 행복한 이유는 모든 것이 새롭고 신기해서 감동하기 때문이다. 우리가 행복해지려면 어린아이처럼 순수하게 사물을 다시 봐야 한다. 우울증에 걸린 사람의 특징 중 하나는 계절감각을 잃어버리는 데 있다. 비가 오거나 눈이 와도 짜증만 낸다면 우울증 전조증상이다. 나도 예전에 눈이 오면 괜히 짜증이 치밀었다. 생각만 해도 길은 미끄럽고 출근길

이 복잡한 지하철 풍경이 그려졌기 때문이다.

　인간의 몸은 생각대로 움직인다. 마음이 올바르게 작동하지 않으면 제주도로 가야 할 배가 삼천포로 갈 것이다. 건강의 기본은 마음먹기에 달려있다. 몸은 마음이라는 키에 의해 움직일 뿐이다. 우리의 목표는 건강하고 행복한 삶이다. 내 마음을 잘 다스려서 어떤 상황에서도 긍정적인 마음을 가져야 한다. 밝은 성격은 돈 주고도 못사는 것이다. 우리는 마음먹기에 따라 밝은 성격을 가질 수 있다.

무조건 천천히 식사하라

음식물을 천천히 꼭꼭 씹어 먹어라 –아침햇살님의 블로그에서

밥을 급하게 먹으면 체하기도 하고 소화도 잘 안 된다. 나도 밥을 급하게 먹는 습관 때문에 위염에 걸리고 말았다. 한번 위염이 생기면 낫기도 힘들 뿐 아니라 항상 먹는 것도 조심해야 한다. 그러므로 예방차원에서 식사는 여유롭게 하는 것이 건강에 매우 유익하다. 더불어 가족이나 지인과 같이 즐겁게 이야기를 나누며 식사를 하면 그만큼 좋은 것이 없다. 식사를 빨리 하는 습관은 내장에 부담을 주고 여러 가지 질병을 몰고 온다.

음식을 천천히 먹고 많이 씹을수록 우리 입안에서는 천연 소화제인 침이 많이 만들어진다. 입에서 1차적으로 소화를 시키는 것이다. 음식물이 제대로 분해되지 않고 위로 들어가면 아무리 건강한 위라도 소화시키기 버겁다. 음식물이 그대로 들어가는 즉시 나의 위장은 이렇게

불평할 것이다. "우리 주인은 나를 미워하나봐. 매일 돌멩이를 집어넣으니 말야." 씹지 않은 음식물은 흡사 돌과 같다. 연약한 위장이 돌을 부수느라고 얼마나 힘이 들까?

예전에 들었던 이야기를 소개할까 한다. 어떤 할아버지가 분식집에서 김밥 한 줄을 시켜서는 한 시간 내내 먹고 일어서더라는 것이다 식당주인이 궁금해서 나이를 여쭤보니 무려 100살이 넘으신 분이라고 했다. 그분은 젊었을 때 위장병으로 고생하시다가 식사를 천천히 하면 좋다는 이야기를 듣고 지금까지 식사하는 시간은 무조건 한 시간을 고수한다고 한다. 그래서 위장병도 고치고 지금은 아주 건강하게 살고 계시다고 한다. 이 사례를 보아도 천천히 먹는 것은 무병장수의 기초가 되는 좋은 습관이다.

"음식은 적게 먹되 오래 씹어 삼켜라. 음식은 대체로 많은 양을 먹기보다는 체내대사와 필요 칼로리를 충족할 정도를 제한해서 먹는 것이 좋다. 그리고 오래 씹어 삼키는 습관을 들여야 한다. 급히 먹는 음식은 체할 염려가 있거니와 대개 먹는 양이 많아지기 쉽다. 음식을 한 입 넣을 때마다 20~30번 이상 천천히 씹어서 삼키면 적은 양의 식사만으로도 충분히 충족감을 느낄 수 있다. 현대인들의 성인병은 너무 많은 음식을 급히 먹어치우는 데서 비롯되었다 해도 과언이 아니다."
《건강박사 유태종의 9988 건강습관》中

의사들이 한 목소리로 이야기하는 것은 식사는 즐겁게, 천천히 하자는 것이다. 인상 쓰면서 "반찬이 이게 뭐냐. 밥이 질어서 싫다. 주방장이 부부싸움을 했나 보다." 하고 불만이 섞인 식사를 하고 나면 소화가 잘될 리 없다. 적어도 식사시간에는 사람들과 즐겁게 먹고 즐거운 이야기만 나눠야 좋다. 이야기하다보면 식사시간도 늘어나고 천천히 먹는 데 도움이 된다.

사람은 건강하게 살려고 노력하는 존재다. 식사는 그 기초가 되는 중요한 일이다. 우리의 생존을 지켜주는 식사를 가볍게 생각하면 안 된다. 김치 반찬에 물에 말은 밥도 진수성찬처럼 대하고 여유 있게 즐거운 마음으로 먹어야 한다. 아무리 거칠고 맛없는 음식도 고마운 마음으로 먹으면 건강에 매우 좋다. 물질은 죽은 존재가 아니라는 사실이 과학적으로 입증되었다. 우리가 먹고 마시는 모든 음식물은 우리의 마음가짐에 따라 독도 되고 보약도 되는 것이다. 감사하는 마음으로 오늘도 밥 한 숟갈을 최소 30번은 씹어야 한다. 건강은 여유로운 식사에서 비롯된다.

장수의 기본은 운동이다

운동은 하루를 짧게 하지만 인생을 길게 해 준다 – 조스린

매일 비슷한 일상에 지친 '번 아웃 증후군'이 늘고 있다. 너무 일에 파묻혀 진짜 일상을 해낼 수 없을 정도로 지친 상태가 바로 그런 것이다. 그래서 직장인들은 휴일이면 잠을 자는데 그렇게 하루를 다 보내면 몸이 더 망가지게 된다. 수면은 밤에 일정한 시간대가 있다. 그 시간외의 잠은 오히려 독이 된다. 망가진 몸에 활력을 주기는커녕 오히려 더 피곤을 가중시키는 잠에서 우리는 벗어나야 한다. 그 대안으로 운동을 들 수 있다. 운동은 거창한 것이 아니다. 뒷산에 잠시 올라가거나 동네를 한 바퀴 도는 것도 운동이다. 일단 몸을 움직여서 땀을 흘리면 쌓여있던 독소가 배출된다.

운동이 가진 장점은 아주 많지만 야외에서 얻는 햇볕의 장점을 빼놓을 수 없다. 우리 몸에 필요한 비타민D나 세로토닌같은 호르몬은

햇볕을 받아야 얻을 수 있다. 우울증 환자들의 공통점은 집안에 틀어박혀 하루 종일 나오지 않는 것이다. 어두컴컴한 곳을 좋아하고 움직이기를 싫어하면 우울증에 걸리고 만다. 사람은 원래 활동하고 돌아다니면서 사냥을 하던 기질이 남아 있다. 그래서 현대인들의 질병을 가만히 들여다보면 운동부족으로 인한 병이 대부분이다.

"나는 몸을 지치게 하여 번민을 내 쫓는다. 달리기를 하는 것도 좋고 시골로 하이킹을 가거나 체육관에 가서 샌드백을 치는 것도 좋고 테니스를 하는 것도 좋다. 어떤 운동이든 정신적인 번뇌를 처리해주면 되니까 주말이 되면 운동을 무척 많이 한다.
육체적으로 바쁜 나머지 번민할 겨를이 없게 되면 커다랗게 쌓인 번민의 산더미도 순식간에 하찮은 흙더미로 변해 새로운 생각이나 행동이 금방 평평한 평지로 만들어 주는 것이다. 번민에 대한 가장 좋은 해독제는 운동이다."
《카네기 행복론-데일 카네기》 中

번민은 건강에 좋지 않다. 근심, 걱정은 뼈를 마르게 하는 좋지 않은 습관이다. 성경에서도 내일 일은 염려하지 말라는 구절이 나온다. 내일에 대한 걱정은 미래에 할 걱정을 당겨서 하는 쓸데없는 행동이다. 걱정의 대부분은 실제로 일어나지 않으며 해결되는 것도 아니다.

그러므로 걱정은 해서 좋을 것이 하나도 없다. 해결되는 걱정이 없다면 애써 할 필요가 없지 않을까? 걱정거리가 올라오는데 특효약이 있다. 바로 일에 몰두하거나 운동을 통해서 땀을 흘리는 것이다. '구르는 바퀴에는 이끼가 끼지 않는다.' 는 속담처럼 움직이면 뇌가 정지한다.

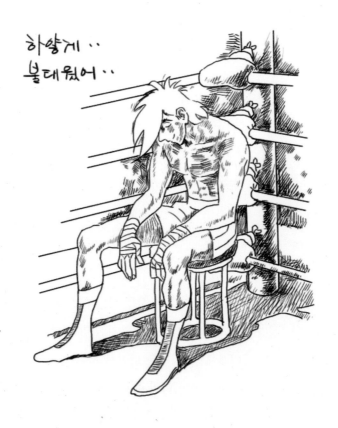

현대인의 질병이나 중독증세가 점차 늘어나는 추세이다. 간간이 일어나는 묻지 마 범죄도 정신병에서 기인하고 있으며 각종 스트레스는 사람들을 대인기피증이나 골방에 가두는 외톨이증후군으로 내몬다. 특별한 증세가 없어도 게을러지거나 무력감이 수반되면 우울증이 온 것이며 이에 대한 약물이나 치료는 일시적인 것에 제한된다. 그러므로 자연과 벗 삼아 하이킹을 즐기거나 햇볕을 쬐는 등 몸을 움직이는 간단한 활동으로 정신의 쓰레기를 치울 수 있다. 의자에 앉거나 소파에 누워서 정신적 스트레스를 해소하기는 힘들다. 운동이나 육체적 활동은 이런 정신적 장애를 치유하는데 효과적이다.

모든 질병은 걷기로 치유된다

인간은 걸을 수 있을 만큼만 존재한다 –사르트르

걷기처럼 좋은 운동이 없다. 하루 만 보 걷기 운동이 유행했을 정도로 걷기는 운동의 기본이다. 더불어 건강에 도움이 되는 명상을 곁들이면 금상첨화다. 인간의 본능은 걷고 뛰어다니는 것이다. 현대인들의 병을 가만히 들여다보면 운동부족으로 인한 병이 대부분이다. 가까운 거리도 차를 이용하는 게으른 습관이 몸을 망치는 것이다. 자고로 몸을 움직이지 않으면 만병이 따라오게 되어있다.

걷기만으로 말기 암을 치료한 분들이 있다. 시골로 내려가 요양을 하면서 걷기를 병행했더니 그 지독한 암도 물러가더란다. 그만큼 걷기는 생명을 다시 살리는 묘약과 같다. 자연과 더불어 걷는 일처럼 사람에게 좋은 것이 없다. 공기 좋은 산에서 맑은 공기를 마시며 걷는 일은 무척 건강에 좋은 일이다. 걷기는 죽을 사람도 살리는 명약이며 오장 육부를 다시 재생시키는데 효과적이다.

"산책도 명상의 일환이다. 움직이면서 명상을 하는 것이다. 산책을 하기 전에 몸부터 가볍게 풀자. 그리고 가벼운 마음으로 자연과 한 몸이 되듯 바람이 되어 살포시 걷는다. 가끔은 멍하니 서서 산을 바라보고 하늘을 쳐다보도록 한다. 걷는 데만 치중하지 말고 산과 바람과 이야기 하고 눈을 감고 바람소리에 귀를 기울여 보자. 나무를 껴안아 나무의 숨 쉬는 소리를 들어보도록 한다."
《하루10분의 기적-KBS수요기획팀》中

산책을 통해 걷기를 하다보면 명상도 할 수 있는 효과를 누릴 수 있다. 자연을 벗 삼아 길을 걷다보면 몸과 마음이 상쾌해지고 정신건강에도 좋다. 우울증이 있다면 맑은 날 산책을 자주 하면 증상이 호전될 것이다. 몸과 마음을 되살리는데 걷기만큼 좋은 것이 또 있을까?

명상은 오롯이 자신을 돌아보는 계기를 만든다. 일상에 찌든 몸과 마음을 정화시켜주고 다시 맑은 정신을 가다듬어 준다. 명상은 도를 닦는 사람만 하는 것이 아니다. 일반사람들도 마음만 먹으면 얼마든지 가능하다. 조용한 방에서 잔잔한 음악을 틀어놓고 묵상을 할 수도 있고 동네 뒷산에 올라가 한적한 곳에서 참선을 할 수도 있다. 나만의 비

밀공간을 정해두고 머리가 복잡할 때 달려가서 스트레스를 해소해야
한다. 나의 경우는 신앙생활을 하기 때문에 기도원이나 교회에서 기도
를 하는데 가슴이 시원해지고 마음이 평안해지는 효과가 대단하다. 명
상과 기도는 내면의 나를 반성하고 신과 만날 수 있는 좋은 기회가 된
다.

웃는 사람에게 의사는 필요없다

그대의 마음을 웃음과 기쁨으로 감싸라 그러면 1천 해로움을 막아주고
생명을 연장시켜 줄 것이다. - 윌리엄 셰익스피어

대략 사람의 수명을 70년 산다고 가정하면 하루 5분 웃을 경우 평생 동안 88일정도 된다. 하지만 하루 5분을 웃는 사람도 드물다고 한다. 그마저도 힘든 건 사람이 50세가 넘으면서 웃는 횟수가 현저히 준다고 하는데 있다. 웃음이 줄면 그만큼 우울해지고 건강이 나빠지게 된다. 실험삼아 한숨을 하루 종일 쉬었더니 우울증에 걸렸다는 보고가 있다. 한숨을 쉬면서 과연 어떤 생각을 했는지는 다들 아실 줄 믿는다.

매일 웃으면 심장혈관 질환을 예방하는데 좋고 건강증진에도 기여한다. 실험에 의하면 분노를 터트린 사람의 침을 쥐에게 주사했더니 쥐가 잠시 후에 죽었다. 그 이유를 알고자 그 침의 성분을 조사해보니 독성 물질이 가득했다는 결론이 나왔다고 한다. 자주 화를 내는 사람

은 독을 품고 사는 것과 같으니 자신도 좋을 리 없다. 그럴 때 일부러라도 웃음을 짓다보면 어느 새 분노는 눈 녹듯 사라지고 평화가 찾아온다. 예전에는 자주 웃는 사람을 보고 실없는 사람이라고 놀렸는데 이제 이 말로 바꿔야 할 것 같다. "자네 자주 웃는 걸 보니 100살은 거뜬하게 살겠는 걸!"

"현대인들은 공해, 과로, 스트레스, 흡연, 과음, 운동부족, 영양 불균형들로 마음이 상하는 경우가 많아서 점차 웃음도 사라지고 있다. 그런데 이 모든 것을 치료해주는 최고의 처방약이 웃음이다. 삶의 수명을 연장하고 싶다면 웃고 살아야 한다. 우리 정신에 올바른 영양을 공급해야 한다. 웃음은 최고의 정신 영양소라는 것을 분명히 알아야 한다. 윌리엄 포크너가 이렇게 말했다. "웃음은 공포와 염려를 막아주고 몸의 치유능력을 활성화시키는 힘이 있다."
〈성공을 부르는 웃음, 유머-용혜원〉中

웃음은 사람에게 필수적인 호흡과 같다. 웃지 않는 사람은 점차 인생이 힘들어진다. 내 경험을 잠시 소개해 본다. 군대에 다녀온 후 20대 중반, 작은 건설회사에 취직한 적이 있었다. 그런데 사무실 직원들의 나이나 직급이 너무 높은 탓에 어울리기가 쉽지 않았다. 매일 같이 앉아서 점심을 먹었는데 어색해서 밥이 제대로 넘어가지 않았다. 그러다보니 빨리 회사를 그만두고 싶어졌다. 웃음이 없는 곳에서는 사람이 배겨나기가 힘든 것이다.

웃음과 대화가 없는 곳은 삭막하다. 인간은 즐거움을 추구하는 존재라서 삭막함을 견디지 못한다. 인간은 고차원적인 생각을 하는 존재다. 어떤 연구에 의하면 사람은 하루에 5 만가지의 생각을 하며 살아간다고 한다. 그러다 보니 웃음이라는 것이 없다면 전부 다 우울증에 걸려 일찍 세상을 등질 수밖에 없다. 그러므로 사람은 억지로라도 웃어야 한다. 웃음은 죽음을 예방해주는 해독제이기 때문이다. 분노와 우울은 일종의 독성물질이다. 그런 이유 때문에 우리는 되도록 즐거운 마음으로 살아야 한다.

CHAPTER 03 [WEDNESDAY]

[수요일]

많은 사람들과
좋은 인간관계를 만들고 싶은
사람들을 위한 명언

겸손한 자에게는 적이 없다

겸손이 없다면 인생의 가장 기본적인 교훈도 배울 수 없다 –존 톰슨

겸손한 사람은 적이 없다. 나보다 남을 높여 자신을 부드럽게 감싸는 것을 겸손이라고 한다. 절대로 나를 낮추는 것이 아니다. 지나치게 겸손한 것도 안 좋지만 지나치게 교만한 것은 사방에 적을 만드는 일이다. 항상 남을 높이는 자세로 살면 인간관계가 부드러워진다. 나보다 남이 항상 뛰어나다고 생각하라. 그러면 서로 부딪칠 일이 줄어든다. 인생은 나보다 훌륭한 사람이 언제나 존재한다. 그러므로 겸손하지 않으면 당신은 교만한 사람일 뿐이다.

입만 열면 남을 헐뜯고 비평하는 사람이 있다. 그런 사람은 앞에서는 같이 맞장구를 쳐줄지는 몰라도 좋은 시선으로 보는 사람은 거의 없다. 언젠가는 나를 도마 위에 놓고 입방아를 찧을 것 같기 때문이다. 구부러진 말을 입에서 버려라. 대신 칭찬과 배려로 내 입을 깨끗하게

유지하라. 저절로 인간관계가 개선될 것이다.

"온유는 따뜻함 혹은 부드러움을 말합니다. 차갑지 않고 푸근함, 딱딱하지 않고 부드러운 마음을 품고 있는 것을 의미합니다. 온유는 부드러움뿐만 아니라 다른 사람과 관계에서 고집을 꺾는 것입니다. 자신의 의견만을 주장하지 않고 새로움을 받아들이는 유연한 사고를 가지는 것과 같습니다. 우리 주변에는 두 종류의 사람이 있습니다. 하나는 성을 쌓는 사람이며 다른 하나는 길을 여는 사람입니다. 자신만의 견고한 성을 쌓고 누구도 접근하지 못하게 하는 사람과 자신의 마음의 문을 활짝 열고 받아들이는 사람입니다. 온유하다는 것은 마음의 성을 부수고 열린 마음으로 전환하는 것입니다."
《명언으로 리드하라- 임재성》 中

인간은 원래 겸손하지 않다, 아이들을 보면 알 수 있다. 경쟁심이 넘쳐서 서로 서열을 가리기 일쑤다. 그러다가 서열이 가려지면 자연스럽게 집단생활을 익히면서 규범을 익히고 서로 존중하는 법을 배운다. 인간은 사회적 동물이기 때문이다. 겸손한 마음은 모든 사람의 마음을 열게 만든다. 그래서 리더가 되는 사람들은 대체적으로 겸손한 사람이 많다. 리더는 많은 사람을 이끌어야 하기 때문에 겸손과 덕을 갖추고 있어야 한다.

　부드러운 말과 태도는 사람을 무장해제 시킨다. 첫인상을 보면 대체적으로 그 사람의 인격을 알 수 있다. 따뜻한 말 한마디는 대인관계를 부드럽게 하고 자신을 낮추어 섬기는 사람은 만인의 연인으로 자라난다. 예수님의 섬김은 많은 제자들을 따라오게 만든 힘이다.

　겸손한 사람은 남을 비난하지 않고 불평을 하지 않는다. 항상 감사한 마음을 갖고 사는 겸손한 사람은 그 성격 자체가 많은 사람들을 평온으로 이끈다. 따라서 인간관계를 좋게 만들고 싶다면 나보다 남을 섬기는 겸손한 태도와 마음자세를 가꿀 필요가 있다.

기쁨은 모두에게 필요한 음식과 같다

남을 기쁘게 하고 그 자체를 기뻐할 수 있는 사람은 행복하다 –괴테

기쁨을 주는 사람은 어디서나 환영받는다. 웃음을 주는 연예인들, 어떤 파티에서건 좌중을 분위기 좋게 이끌어나가는 사람, 어른들에게 기쁨을 주는 귀여운 아이들, 이처럼 기쁨을 주는 사람은 인생에서 꼭 마주치고픈 사람이다. 물론 험상궂은 외모를 가진 사람이나 말을 딱딱하게 하는 분도 있다. 그러나 기쁨은 외면적으로만 줄 수 있는 것이 아니다. 따뜻한 미소와 친절한 말 한마디로도 얼마든지 상대에게 기쁨을 줄 수 있다.

사실 남에게 행복을 주는 것은 아주 간단하다. 내가 저 사람이라면 내가 어떤 행동을 해야 좋을까? 즉 내가 받고 싶은 행동을 그에게 해주는 것이다. 사람은 누구나 똑같다. 마치 탁구를 치는 것과 같이 내가 회전을 걸면 넘어오는 공도 회전을 먹고 넘어오는 것과 같다.

주는 만큼 받는 것은 사회생활의 법칙이다. 남에게 사랑받고자 하면 먼저 상대에게 기쁨을 줘야 한다.

"가는 말이 고와야 오는 말이 곱다"는 속담이 떠오른다. 내가 미소를 주면 상대도 미소로 화답한다. 인간관계는 마치 거울을 보는 것과 같다. 그런데 이런 만남이 이루어지려면 선행조건이 필요하다. 남을 기쁘게 하려면 내가 먼저 행복해져야 한다. 그런 마음의 여유를 가지려면 평소에 내가 마음 관리를 잘 하는 수밖에 없다. 내 마음이 우울하고 몸의 상태도 안 좋은데 남까지 챙길 여유는 없다. 먼저 내 몸과 마음을 행복하게 유지하는 게 우선이다.

"그렇게 타인을 정중하게 대하고 호의를 베푸는 태도가 어느 순간 갑자기 나오는 것은 아닙니다. 평소에 누구든 평등하게 대하는 마음가짐을 생활화하여 아이든, 어른이든, 직책이 높든 낮든 간에 상대방을 공평하게 대하고 세상과 세상 사람들을 좀 더 부드럽게 대하려고 노력할 때 그런 태도를 갖출 수 있습니다. 우리는 자신도 모르는 사이에 끊임없이 다른 사람들에게 자신의 이미지를 남기고 있습니다. 좋은 인상, 좋은 이미지, 좋은 감정을 남기도록 노력해야 할 것입니다."
《공병호의 일취월장》中

"수신제가 치국평천하"란 말이 있다. 나를 먼저 다스려야 천하를

다스릴 수가 있다는 뜻이다. 억지로 웃음을 띠고 거짓된 마음으로 대하는 건 한계가 있다. 현대인들은 얼굴에 가면 하나를 쓰고 다닌다. 겉으로 웃고 있어도 마음속은 울화로 가득 차 있는 경우가 많다. 그런 사람에게 진정한 삶의 기쁨은 없을 것이다. 내 마음속의 쓰레기는 조금만 차더라도 바로바로 비워내야 한다. 그것은 바로 시기심, 열등감, 부정적인 감정이다.

행복은 내 마음이 평화로운 가운데 시작된다. 내 마음속에 쓰레기가 가득한 채 남의 마음까지 다독여줄 수는 없다. 내 마음속에 기쁨이 가득할 때 비로소 남에게 그 기쁨을 나눠줄 수 있다. 오늘부터 한 가지라도 사람들에게 기쁨을 줄만한 일이 무언지 고민하라. 그리고 나눠줄 것이 내게 하나라도 있는지 점검하라. 그리고 내 마음이 고갈되어 있다면 먼저 자신을 치유하는데 시간을 할애해야 한다. 누구에게나 나눠줄 것이 있다. 경제사정이 안 좋다면 문자나 카카오톡을 보내주고 안부전화를 하라. 여유가 있다면 밥을 사라. 식사는 인간관계의 기본이다. 그리고 댓가를 바라지 마라. 그것이 인간관계를 원활하게 하는 비결이다.

나보다 불행한 사람은 언제나 있다

자기연민은 자신의 현실인식을 심각하게 왜곡해 두 손과 두 발을
묶어버리는 마음의 병이다 -유진 피터슨

자기연민은 사람을 파괴하는 습성을 지
니고 있다. 그런 감정에 빠진 사람들은 쉽게 지치며 좌절감으로 힘들
어한다. 또한 타인과 잘 어울리지 못하며 스스로를 비하하여 사회로부
터 자신을 고립시킨다. 그는 무기력한 생활로 인해 허무하고 괴로운
삶을 이어갈 수밖에 없다. 그에게는 하루하루가 지겨운 일상의 연속일
뿐이다.

사람은 다른 사람에게 존중받고 사랑받아야 살아갈 수 있는 존재
다. 혼자만의 은둔생활은 삐뚤어진 자기애와 가치관을 가지게 할 뿐이
다. 주위에 인기도 좋고 성공한 사람들을 보라. 그들은 자신보다는 남
에게 관심을 더 많이 갖고 살아간다. 따라서 자기를 폄하하고 애처롭
게 생각할 틈이 없다. 자신에게 집중하기보다는 남에게 관심을 갖고

어떻게 하면 저 사람에게 기쁨을 줄까 고민하다보면 자기연민은 저절로 설 자리를 잃을 것이다.

"다른 사람과 잘 지내고 싶다면 먼저 자신과 친해야 한다. 사랑받기를 원한다면 먼저 자기를 사랑해야 한다. 자기 자신과 평화롭게 지내지 못하는 사람은 다른 사람과도 평화롭게 지낼 수 없다. 자기를 중요하게 여기고 사랑하지 못하면서 어떻게 자기안의 재능을 찾고 어떻게 신바람 나게 일할 수 있겠는가? 그런 사람이 어떻게 다른 사람을 격려하고 고무시킬 수 있겠는가? 세상에 대한 사랑이나 세상으로부터 받는 사랑은 항상 자기에 대한 사랑에서 나온다."
《끌리는 사람은 1%가 다르다 - 이민규》 中

자기연민과 자기애는 근본적으로 다른 감정이다. 자기연민은 건강하지 못한 자신을 은폐하려는 감정이고 따라서 문제는 항상 남아 있다. 반면에 자기애는 자신을 소중하게 생각하기에 다른 사람이 어떤 말과 행동을 하든 개의치 않는다. 설사 나를 욕하고 비난하더라도 그는 평정심을 유지한다. 왜냐하면 자신에 대한 강한 믿음이 있기 때문이다.

매사에 피해의식을 느끼는 사람들이 있다. 누구 때문에, 부모 때문에, 사회 때문에, 항상 말끝마다 '때문에'를 남발한다. 그래서 부정적인 자기연민은 더욱 더 뿌리가 깊어진다. 오늘부터는 나 자신을 진실되게 바라보자. 과연 세상이 나를 진정으로 거부하는지 아니면 내가 스스로 격리하고 있지는 않은지 생각해 볼 일이다.

얻고 싶다면 먼저 주면 된다

남에게 대접받고자 하는 대로 남을 대접하라 –작자미상

서로 주고받는 관계가 보편타당한 인간 관계다. 하지만 현실은 그렇지 않다. 내가 먼저 베풀어야 어느 정도 관계가 유지될 정도로 각박한 세상이다. 그러나 그런 것이 인간관계의 법칙이다. 영업활동을 하는 직원의 경우를 보면 전체 고객의 20%가 그의 실적을 책임진다고 한다. 그러므로 자신에게 포커스를 맞추면 세상은 그를 외면한다. 상대에게 대접받고자 하면 사람들은 떠나가고 상대를 대접하면 가까워진다. 돈과 시간이 드는 건 당연한 것이다.

'나이를 먹을수록 지갑을 열고 입은 닫아라.'는 불문율이 있다. 내게서 나간 돈은 새끼를 쳐서 다시 돌아온다. 봉사하는 사람들은 장수하는 경우가 많다. 나보다는 타인에게 관심을 쏟고 베풀 때 인간관계도 좋아지고 자신도 훌륭해진다. 인간관계 전문가가 되는 첫걸음은 만나는 모든 사람들 사이에서 인간관계의 황금률을 실천하는 습관을 기르는 것이다.

"많은 종교에 공통적으로 존재하는 황금률은 "무엇이든 남에게 대접받고자 하는 대로 당신도 남을 대접하라." 는 것이다. 불교에는 당신이 싫어하는 일은 남에게도 시키지 말라는 말이 있다. 이 원칙은 단순하지만 너무나 강력해 모든 사람이 실천할 경우 하룻밤 만에 세상이 바뀔 정도다. 독일의 철학자 '임마누엘 칸트' 는 보편법칙을 천명한 바 있다. 그는 당신의 행동 하나 하나가 모든 사람을 위한 보편적 법칙이 된다는 생각으로 세상을 살라고 말했다. 모든 사람이 당신이 말하고 행동하는

그대로 말하고 행동한다고 상상하라는 것이다. 이런 기준을 세우면 당신의 인생이 바뀌기 시작한다. 당신은 더 좋은 사람이 된다."

《백만 불짜리 습관 - 브라이언 트레이시》中

나의 행동 하나가 사람들에게 전염된다고 생각하면 함부로 인생을 살아갈 수 없다. 하나의 미소로 사람들이 행복해지는 일은 쉽게 찾아볼 수 있다. 일류 직원들은 미소를 잃지 않는다고 한다. 영업사원들이 아침마다 웃음을 짓는 훈련을 하는 것도 같은 맥락에서 찾아볼 수 있다. 남에게서 미소를 받고 싶다면 먼저 내가 미소를 지어야 한다. 남에게서 친절한 배려를 받고 싶다면 나부터 먼저 친절하게 행동하자. 그것이 바로 인간관계를 원만하게 하는 기본기이다.

베풀고 또 베풀어라. 이 말처럼 살아가면 세상이 아름다워진다. 받기만 하려는 사람은 눈에 독기가 가득하다. 그는 누가 자기 흉을 볼까 노심초사 하게 되고 항상 불안하다. 남을 미워하면 그 행동으로 엄청난 에너지가 소모된다고 한다. 최대한 적을 만들지 말아야한다. 미운 사람도 장점이 하나는 있다. 그것을 찾아내라. 그리고 그것만 바라보라. 그렇게 살아가면 적도 없어지고 오히려 그가 아군으로 변하게 된다. 진짜 행복은 사람들을 사랑하는 데에서 출발한다.

모든 사람을 만족시키면 그는 신과 같다

모든 사람을 만족시킬 수는 없다 ―오런 해러리

인간관계에서 모든 사람을 만족시키려는 사람은 어리석은 사람이다. 사람은 저마다 생각이 다르고 가치관이 틀리며 성격도 가지각색이기 때문이다. 우리가 오늘날 지금 같은 민주주의를 도입한 것은 사람들이 화합을 못하고 서로 반목하기 때문이다. 혹자는 100%가 찬성해야 옳은 것 아니냐는 궤변을 늘어놓는데 그야말로 궤변일 뿐이다.

아무리 좋은 의견과 말도 어떤 사람은 반대를 하게 마련이다. 왜냐하면 그 사람의 생각과 가치관에 따라 그른 것으로 판단해버리기 때문이다.

만인이 좋아하는 사람은 단 한사람도 없다. 예수님께서도 바리새인들이 그토록 미워해서 호시탐탐 그를 죽이려고 애를 썼다. 성자라고 추앙받는 예수님도 싫어하는 사람이 있었다는 사실은 이상한 일이 아니다. 사람은 본디 자기 형편에 따라 오른손과 왼손을 번갈아 들었다 놨다하는 괴팍한 존재이기 때문이다.

"만일 누군가가 당신을 비난하거나 무시하거나 깎아내리면 그것을 당신에게 건네려는 어떤 물건이라고 생각하라. 당신이 그 물건을 받지 않으면 그만이다. 그 물건은 그냥 상대방의 손에 남아 있을 것이다. 비난과 모욕을 받아들이지 않는 것은 자존감을 높이기 위해 대단히 중요한 일이다. "나는 그것을 받아들이지 않을 거야." 라는 다짐은 자신감을 높이는데 큰 도움이 된다. 애초에 모욕을 받아들이지 않으면 그것을 되돌려줄 필요도 없다."
《나는 오늘도 나를 응원한다 - 마리사 피어》中

그러므로 우리는 어떤 관계이든 나를 반대하면 그럴 수도 있지 하는 여유로운 마음이 필요하다. 이유 없이 나를 싫어하는 사람의 마음을 돌려놓기란 어렵기 때문이다. 나의 속을 가만히 들여다보면 나 자신도 특정한 사람을 맹목적으로 싫어하는 경향이 있다. 나는 개인적으로 잘난 체하거나 잘 생긴 사람을 보면 괜스레 반감이 느껴진다. 내가 평범한 외모라 그런지 미남 미녀를 보면 거부감이 들기도 한다. 어려서부터 자라 온 성장과정의 영향으로 그런 열등감이 형성된 것이다.

사람은 원래 자기보다 잘난 사람을 보면 시기하는 경향이 있다. 그

래서 권력을 가진 자나 성공한 사람들이 시기와 질투를 많이 받고 산다. 내가 발전하면 시기하고 배 아파하는 사람들이 늘어난다. 그래서 과거의 사람들과 멀어지기도 하는 부작용이 벌어진다. 그러나 인간이란 원래 선과 악을 지니고 태어나는 존재다. 선을 택하는 자의 삶이 훨씬 더 이롭기는 두말 하면 잔 소리다.

이 세상은 못난 사람, 잘난 사람, 이도 저도 아닌 사람이 모여 사는 곳이기 때문에 힘든 것이다. 그래서 넓은 마음을 가지고 사람들을 객관적인 시선으로 대해야 건강에 좋다. 사실 사람들은 자기 일에만 관심이 팔려서 남에게는 별로 신경을 쓰지 않는다. 그 사실을 깨닫고 나면 불편한 시선을 어느 정도 이겨낼 수 있다. 나는 내가 제일 신경을 쓰고 사는 존재다. 조금 못났을 지라도 고생하는 나를 다독이며 사랑해주자.

베푸는 것이 행복이다

베푸는 가운데 사랑이 샘솟는다 −작자미상

남에게 무엇인가 주는 사람은 행복하다. 언제나 마음이 넓어서 남에게 베푸는 사람이 행복하다. 남의 시선에서는 바보 같지만 언제나 주는 사람은 적이 없다. 남들은 그를 이용할 때도 있지만 그는 억울하지 않다. 그런 상대방이 불쌍해 보일 뿐이다. 세상은 원래 악하다. 그러므로 착한 사람은 언제나 바보 같은 삶을 살아야 한다. 그러나 그는 진정한 사랑을 믿는다. 지혜로운 자는 주고도 행복해하는 사람이다. 사람은 진실한 사람 앞에서 마음을 연다. 그들은 주는 것을 행복으로 안다.

연말이면 구세군 자선냄비가 등장한다. 아무리 세상이 각박해도 남을 돕는 마음이 살아있다면 그 사회는 아직 죽은 것이 아니다. 나보다 어려운 사람을 돕는 마음, 즉 측은지심이 있다면 그는 사랑을 실천하는 사람이다. 그의 마음에 천국이 깃든 것이다. 사랑이 없는 사람은 베풂의 기쁨을 모르고 살아가는 아주 불쌍한 사람이다. 누구나 죽음을 맞이한다. 죽을 때 과연 무엇을 남길 것인가? 재산이라고 생각하는 사람은 인생을 잘못 살아온 것이다.

사람은 죽을 때 사랑만이 남는 것이다. 그가 베푼 사랑이 그를 말해준다.

"제대로 된 기브의 철학은 주는 사람이 더 행복하다는 사실을 전제로 삼는다. 그러므로 기브 앤 테이크는 어느새 기브 앤 해피가 된다. 조금만 생각을 바꿔서 이러한 지혜를 마음에 품어보면 어떨까 베푸는 쪽이 결코 손해 보는 것이 아니란 사실을 깨닫게 될 것이다. 우리가 타인에게 베풀면 우주가 그것을 기억해 어떤 식으로 베푼 사람에게 행운을 내려준다. 그리고 그 행운은 돈이나 재물일수도 있지만 좋은 사람으로 나타나는 경우가 많다."

《사람을 남기는 관계의 비밀 – 김대식》中

사람을 남기는 사람은 기부의 비밀을 아는 사람이다. 대가없이 베푸는 사람에게 더 큰 행운이 온다는 점을 아는가? 대부분의 사람들은 그 비밀을 모르고 살아간다. 이 세상은 거대한 사랑의 실험장이다. 누가 누구를 도왔는지 누군가 장부에 적어간다. 그가 누구인지는 아무도 모르지만 하늘은 기가 막히게 알아맞힌다. 그래서 세상은 공짜가 없다. 공짜로 얻는 것이 있다면 그가 언젠가 베푼 선행의 대가라 할 수 있다.

따뜻한 사랑이 넘치는 사회는 서로 돕고 살아가는 세상이다. 유토피아란 말은 사람들의 그 선한 사랑에서 나온 것이다. 나와 내 가족만 챙기고 사는 것도 삶의 일환이다. 하지만 그렇게 사는 인생이 참다운 인생일 리 없다.

유머와 미소를 잃지 마라

인간 행복의 90%는 인간관계에 달려있다 -키에르 케고르.

인간은 누구나 어떤 집단에 속해서 살아가고 있다. 그렇지 않은 사람은 아마도 산속에 혼자 사는 사람일 것이다. 그런데 예전에 방송을 보다가 산속에 사는 도사 같은 사람이 자장면 한 그릇을 먹기 위해 마을에 내려오는 걸 보게 되었다.

이처럼 아무리 혼자 살아도 어쩔 수 없이 남의 도움은 필요한 것이다. 누구도 피해갈 수 없는 인간관계는 어디를 가나 존재한다.

나는 사실 사춘기부터 지금까지 사람을 상대하는데 무척 어려움이 많았다. 어릴 때는 사람들과 그럭저럭 잘 지내다가 외모에 대한 열등감이 생기고부터 사람들이 싫어졌고 되도록 혼자 지내는 게 편한 것은 사실이다. 내 꿈은 사실 은퇴 후 시골에 사는 것이다. 아무도 없는 산속에서 자연과 함께 사는 이들을 보면 정말 부러울 때가 있다. "아! 바

씬바람

로 저거야! 내가 원하는 생활." 하는 마음이 들곤 했다. 그런데 시골에 살아도 이웃은 있다. 어느 정도는 어울려야 할 것이고 인간관계는 계속 이어질 것이다. 그러므로 원만한 인간관계는 행복의 필수요소이다.

같이 일하는 직원 중에 잘 웃고 활달한 친구가 한 명 있었다. 그는 근심 걱정 하나 없는 것처럼 언제나 웃고 살기에 사람들이 모두 좋아했고 나 또한 그가 부러웠던 기억이 난다. 그런 반면에 나는 누가 좀 농담을 심하게 하거나 당황하게 하면 짜증이나 부리고 그를 미워하기 바빴다. 그래서 인간관계를 원만하게 하지 못하고 살아왔다. 좋은 인간관계란 내가 만나는 사람들과 무리 없이 소통하고 편안하게 잘 지내는 것이다. 상대방이 불쾌하거나 싫어도 웃으며 대하는 자는 적이 없다.

"웃는 낯에 침 뱉으랴" 하는 속담이 있다. 웃음은 인간관계의 윤활유이자 만병통치약이다. 지금은 고인이 되신 웃음전도사 황수관 박사님의 강연을 아주 즐겁게 본 적이 있다. 그러다가 나중에는 아예 박사님의 팬이 되었다. 항상 찡그린 채로 지내는 사람에게 다가갈 사람은 없다. 아무리 성인군자라도 그런 사람은 피할 것 같다. 첫 인상이 평생을 좌우하듯 우리도 웬만하면 미소를 띠고 살아가야 할 의무가 있다. 어차피 태어난 인생, 웃다가 죽으면 얼마나 행복할 것인가?

위대한 인물 중에 유머가 넘치는 사람들이 있다. 처칠이나 링컨 같은 경우가 대표적인데 정치적 반대파들의 곤란한 지적에 대해 부드러운 유머로 위기를 넘기곤 했다. 그중에 처칠수상의 일화가 하나 있다. 2차 대전 중 참호 속에서 지휘를 하던 처칠에게 부하장교가 이렇게 말했다.

"수상각하. 하실 말씀 없으신가요?"

"제발 내 발위에 있는 자네 발 좀 치워주게"

라고 말했다는 일화가 있다. 그 전쟁 통에서도 처칠은 유머를 잃지 않았던 것이다. 유머는 웃음을 유발하고 위트 있는 사람은 마음에 여유가 있는 사람이다. 그는 어딜 가나 환영받을 것이다. 무리한 유머를 남발하면 안 되겠지만 적당한 유머와 웃음은 어디서나 필요하다. 썰렁한 농담을 하는 사람이라도 웃어주면 그는 내 편이 되어줄 것이다.

08

인사는 인간관계의 윤활유다

인사가 사회생활을 좌우한다 –작자미상

아는 사람을 보면 인사하는 게 기본이다. 사람과 사람사이는 인사를 통해 친해지고 예절의 기본이 된다. "인사는 만사."라는 말이 있다. 사람을 적재적소에 배치할 때 쓰는 말인데 다른 말로 인사를 잘하면 다 잘 된다는 뜻도 될 수 있다. 첫인상이 좋은 사람은 밝고 활기찬 목소리로 예의를 다해 인사를 잘하는 사람이다. 인사하는 사람을 싫어하는 사람은 내일 죽을 사람이나 저녁에 부부싸움을 했던 사람이외엔 없다.

밝은 인사는 사람을 기쁘게 한다. 인사를 한다는 것은 나를 존중해준다는 뜻이다. 매일 보는 동료라도 하루 인사를 지나치면 관계에 금이 간다. 오해를 불러일으키는 인사의 부재는 사람의 부재로 이어진다. 존재가치는 인사 잘하기로 결정되는 것이다. 사람이 아무리 일을 잘하고 능력이 있더라도 인사를 안 하는 사람은 값어치가 떨어진다.

"한 걸음 더 나아가 평소에 인사하는 데 저항감이 들고 그냥 외면하고 싶은 사람, 왠지 마음에 안 드는 사람, 얼굴을 마주하기 불편한 사람에게 먼저 인사를 해보자. 당신을 대하는 태도가 달라질 것이다. 경우에 따라서는 냉랭했던 사이가 눈 녹듯이 해소될 것이다. 인사란 저항감이 강할수록 과감하게 건네야만 큰 위력을 발휘한다."

《성공하는 사람들의 화술 테크닉 - 민영욱》中

인사하기 싫은 사람이 어딜 가나 있다. 그러나 그런 사람이 있다고 인사를 건너뛰면 그는 사람이 아닌가? 대번에 당신을 다시 보고 무시

하거나 기분 나쁘게 생각할 것이다. 그런 뒤에는 뒷담화로 당신을 깎아내린다. 사람은 누구나 무시당하면 복수한다. 무시하는 사람치고 인간관계를 잘하는 사람은 없다. 이해관계나 가치에 다라 인간을 대하는 사람은 그 자신도 그렇게 대우받게 된다. 무시당할 사람은 이 세상 어디에도 없다.

지렁이도 밟으면 꿈틀한다고 한다. 사람을 무시하지 않고 살아가야 인간관계가 원만해진다. 그는 어디를 가나 환영받게 된다. 그래서 인사는 세상만사의 기본이다. 부부관계도 대화가 없어지고 무시하면 관계가 어긋나게 되고 마침내 이혼에 다다른다. 세상 사람은 모두 같다. 무시하고 살면 외로워지고 사랑하면 즐거워진다. 인사는 행복의 첫걸음이다. 그대가 가시는 걸음걸음을 사랑으로 채우고 밝은 인사말로 꾸며보자.

질투는 사람을 멀어지게 한다

질투는 인간관계를 파괴하는 악마다 -베이컨

질투와 시기는 대인관계에 악영향을 끼친다. 사람은 비교의식에 빠지는 순간 걷잡을 수 없는 질투에 직면하게 된다. 건강한 사람은 남과 자기를 비교하지 않는다. 하지만 열등감에 빠진 사람은 언제든 상대만 나타나면 초긴장 상태에 돌입하고 만만한 상대면 깎아내리고 자기보다 나은 상대를 만나면 질투하고 시기한다. 그리고 그 사람에 대한 흉이나 뒷담화를 하고 다닌다. 그런 식으로 인간관계를 하다보면 점점 인간관계가 축소된다.

필자 역시 나보다 잘난 사람을 보면 시기하고 미워한 적이 많다. 특히 외모가 잘난 사람을 보면 질투심이 피어나곤 했다. 인간은 서로 비교하고 비슷한 사람끼리 어울리려 하는 경향이 있다. 열등감을 다른 재능으로 만회하려는 사람들도 많다. 기생충학자로 유명한 서민교수도 외모에 대한 열등감 때문에 공부로 눈을 돌려 의사의 길을 걸었다고 한다.

청소년들도 집단따돌림 같은 일탈행동을 하면서 이기적인 집단을 만든다. 일명 좀 모자라고 튀는 행동을 하는 친구들이 그 대상으로 희생된다. 학생들처럼 어른들도 이와 별반 다르지 않다. 직장에서도 따돌림이 존재하며 비슷한 사람끼리 파벌을 형성하기도 한다. 정치가들은 말할 것도 없고 어느 집단이나 비슷한 부류끼리 어울리는 것이 일반적이다. 이처럼 살아가면 외모나 말투, 성격등 모든 것들이 비교대상에 들어간다. 그러다보면 인간관계가 좁아질 수밖에 없다.

"타인의 기준에 맞춰 내 인생을 평가하고 허비하지 말자. 타인이 바라보는 것은 나의 외피, 그 중에서도 아주 일부일 뿐이니까."
영화 속 재스민의 어린 조카들이야말로 진실 된 시각으로 그녀를 꿰뚫어 본 것일지 모른다. 거짓말로 자신을 포장하고 스스로의 가치를 떨어뜨리는 사람으로 말이다.
"우리는 다른 사람과 같아지기 위해 인생의 4분의 3을 빼앗기고 있다."
《씬 스틸러의 인생 명대사 - 강선주, 김현수》 中

질투처럼 파괴적인 것은 없다. 나보다 잘난 사람을 시기하는 마음

은 사회를 파괴한다. 학교와 직장, 가정까지 예외는 없다. 인간관계를
원만하게 하려면 나에 집중하기보다 타인을 섬기는 마음을 가져야한
다. 그러려면 나에 집중하기보다 타인에게 관심을 가져야 한다. 여기
거울이란 도구를 보자. 거울을 자꾸 보다보면 자신의 결점이 드러나고
우울해진다. 거울은 나를 발가벗기는 도구다. 외모를 중시하다보면 질
투에서 벗어날 수 없다.

외모지상주의에서 벗어나는 길은 아름다움의 기준을 내면에 두고
살아야 한다. 외모가 모든 것의 중심으로 여겨지는 사회는 불행하다.
나는 TV나 인터넷, 뉴스, 연예프로그램을 거의 보지 않는다. 모든 방
송이 그런 것은 아니지만 비교의식을 조장하는 것이 방송인 것은 부인
할 수 없는 사실이다. 잘나고 멋진 사람만 등장하는 방송에서 사람들
이 비교하는 습관이 형성되는 것은 어쩔 수 없다.

칭찬은 봄날의 햇살과 같다

칭찬은 누구에게나 하고자하는 의욕을 불러일으킨다 -키케로

"칭찬은 고래도 춤추게 한다." 는 책이 불티나게 팔렸던 적이 있었다. 제목대로 고래가 춤을 추지는 않았겠지만 이 제목 덕분에 책이 잘 팔렸으니 작가에겐 최고의 제목이 아니었을까? 칭찬이 고래는 아닐지라도 사람을 춤추게 할 수는 있다. 어떤 사람을 발전하게 하려면 칭찬과 격려를 하라는 책을 본 적이 있다. 사람은 칭찬에 긍정적인 반응을 보이며 그 결과로 인생까지 변화되는 일이 생길 수도 있다.

아이에게 칭찬을 할 때는 무조건 잘했다는 것보다는 구체적으로 지적해서 칭찬을 하면 좋다고 한다. 이를테면 너는 "이번 시험을 잘 봤구나." 보다는 "너는 열심히 복습을 잘하는구나. 그래서 시험을 잘 본거야" 이런 식으로 하면 효과가 좋다고 한다. 이렇게 칭찬도 기술이 필요

하다. 사람은 칭찬에 약한 존재다. 나이에 상관없이 칭찬은 누구에게나 어깨를 펴게 한다. 어떤 부부는 싸움의 원인을 조사해 보니 부인이 너무 칭찬에 인색해서 남편이 원한까지 맺힌 상태였다. 칭찬을 너무 안 해서 생기는 부작용의 사례라고 할 수 있다. 우리의 말은 그래서 길흉화복의 근본이다. 어떻게 말하느냐에 따라 그 사람의 인생이 행복해지거나 아니면 불행해질 수도 있다.

〈칭찬 10 계명〉

1. 칭찬할 일이 생겼을 때 즉시 칭찬하라.

2. 잘한 점을 구체적으로 칭찬하라.

3. 가능한 한 공개적으로 칭찬하라.

4. 결과보다 과정을 칭찬하라.

5. 사랑하는 사람을 대하듯 칭찬하라.

6. 거짓 없이 진실한 마음으로 칭찬하라.

7. 긍정적인 눈으로 보면 칭찬할 일이 보인다.

8. 일이 잘 풀리지 않을 때 더욱 격려하라.

9. 잘못된 일이 생기면 관심을 다른 방향으로 유도하라.

10. 가끔씩 자기 자신을 칭찬하라.

〈송담〉님의 블로그에서

말에는 그 사람의 인생을 좌우하는 힘이 내재돼 있다. 그래서 말을 할 때 세 번 생각하고 쓸 말만 해야 한다. 필자 같은 경우도 해서는 안 될 말을 내뱉고 나서 많은 고통을 겪은 적이 있다. 그래서 말할 때마다 조심하려고 노력하고 있다. 나는 예전에 말발은 타고난다고 생각했다. 어느 정도 타당성 있는 말인데 요즘 들어서는 그 생각이 조금 변했다. 말은 자꾸 연습하면 잘 할 수 있다고 생각된다. 뭐든지 꾸준히 하다보면 좋아지게 마련이다.

그런데 말만 앞서고 행동이 따르지 않으면 그것도 소용없는 일이다. 칭찬도 마찬가지다. 그 사람에게 진실로 도움 되는 칭찬을 해야지 쓸데없는 칭찬은 별로 도움이 안 되고 역효과가 난다. 실의에 빠져있거나 의욕이 없는 사람에게 칭찬 한마디는 그 삶에 빛을 던져준다. 사실 칭찬은 그런 사람에게 필요하다. 칭찬할게 별로 없다면 따뜻한 말 한마디라도 위로를 건네 보자. 고난에 처한 사람은 위로를 필요로 한다. 진실한 말 한 마디는 그에게 희망을 주고 칭찬의 말은 삶에 활력소가 될 것으로 믿어 의심치 않는다.

CHAPTER **04** [THURSDAY]

4장

[목요일]

성공을 원하는
20대, 30대를 위한 명언

배움에는 끝이 없다

나는 날마다 배운다 "뭔가 새로운 것을 얻지 못한 날에는
시간을 잃어버렸다" 고 여긴다 –베르나르 베르베르

우리는 태어나서 처음으로 엄마가 젖을
줄 때부터 배움을 시작한다. 엄마가 없으면 자동적으로 우는 행동을
통해서 젖을 먹는 법을 터득하고 좀 더 자라서는 일어나서 옹알이를
배우며 걸음마를 시작한다. 무려 이천번은 넘어져야 겨우 걷는 방법을
배운다. 배우는 것은 태초부터 내재되어 있는 인간의 본능이다. 지혜
는 무엇이든 배우겠다는 마음가짐에서 출발한다. 배움은 지혜의 원천
이며 현명함의 스승이다.

"개미"라는 베스트셀러를 쓴 베르나르 베르베르는 하루 종일 개미
를 관찰하며 책을 썼다고 한다. 우리가 하찮게 여기는 개미라도 관찰
의 대상이요, 책의 훌륭한 소재가 될 수도 있다. 사실 이 세상에 쓸모
없는 동물은 없다. 모기나 파리도 그들 나름대로 필요한 가치가 있을

것이다. 그러므로 우리는 배우기를 멈추지 말아야 한다. 배움에는 기쁨이 있다. 새로운 것을 알아가는 것은 자기발전의 원동력이 된다.

"하나의 중요한 일에 매진해 일을 마칠 때까지 집중하는 훈련을 많이 할수록 더 많은 힘이 생긴다. 중요한 일을 마칠 때마다 당신의 머리는 베타 엔도르핀이라는 호르몬을 분비한다. 이 물질은 자연이 선물한 행복의 약이라고 불린다. 당신의 뇌가 엔도르핀을 분비할 때마다 당신은 행복감과 쾌감, 긍정적인 마음가짐과 성취동기, 열정을 갖게 된다. 엔도르핀은 당신을 더 긍정적이고 창조적이고 자신감 있는 사람으로 만든다. 중요한 일을 마칠 때마다 엔도르핀이 솟구치고 더 많은 일을 하도록 당신을 자극하고 동기부여를 한다."

《브라이언 트레이시의 백 만 불짜리 습관》中

배우고 익히면 건강도 좋아진다. 행복한 감정은 돈으로도 살 수 없는 가치가 있다. 그런데 새로운 것을 배우고 성취할 때마다 몸에서 행복호르몬이 나온다. 이야말로 꿩 먹고 알 먹기가 아닌가? 우리는 공부라고 하면 까다로운 수학공식이나 지겨운 영어단어장을 떠올린다. 학창시절 우리가 배운 공부는 사실 하고 싶어서 한 게 아니기 때문에 지겨웠던 것이다. 자신이 진정으로 하고 싶은 분야의 공부를 시작하면 배움이 곧 즐거움이라는 공자님의 말이 거짓이 아니라는 걸 느끼게 될 것이다.

사실 우리의 인생은 배움의 연속이다. 노인들도 핸드폰을 익숙하게 사용하고 세 살짜리도 외국어를 배우는 세상이다. 70세 할머니가 대학에 들어가는 신문기사가 낯설지 않다. 못 배운 한은 평생 간다고 한다. 우리의 삶은 새로운 것을 알아가는 재미로 사는 것이다. 매일 똑같은 일상은 사람을 늙게 만든다. 젊게 살고 싶다면 학창시절 못한 공부를 이제 시작해야 한다. 진짜 공부는 공부가 하고 싶을 때 시작된다.

내 인생은 나의 것이다

나도, 다른 누구도 당신의 길을 대신 가줄 수 없다 그 길은
당신 스스로 가야 할 길이기에 –월트 휘트먼

인생은 홀로 걸어가야 하는 고독한 여정
이다. 자식이 아무리 귀여워도 대신 살아줄 수는 없다. 그래서 삶이란
온전히 혼자만의 몫이다. 인생은 수정으로 이루어진 계단이 아니고 군
데군데 부서지고 가시가 돋아나 있는 거친 계단과 같다. 그래도 묵묵
히 걸어가야 하는 책임이 그대에게 있다. 누구에게 의지할 수도 없고
스스로의 힘으로 가야만 하는 인생길, 어쩌겠는가? 발바닥이 아프더
라도 우리는 그 계단을 하나씩 올라가야 한다.

과거를 돌이켜 생각해보면 나는 남들이 쉽게 오르는 길도 힘들게
살아왔다. 그래서 항상 우울하고 세상에 대해 부정적이었다. 그러나
한편 생각해보면 그런 과정이 나에게 인생에 대한 폭넓은 경험을 쌓게
해주었다. 인생은 스스로 걸어가야 하는 고난의 여정이다. 남이 넘어

져 쓰러지면 손을 잡아줄 순 있어도 대신 인생을 살아줄 수 없다.

"모든 사랑의 출발점은 자신을 사랑하는 것입니다. 자신을 사랑한다
는 게 어떤 것일까요? 자기밖에 모르고 자기도취에 빠져 있는 것일까
요? 아니지요. 진정 자신을 사랑하는 것은 자신의 에너지. 열정. 건강.
나아가 삶을 있는 그대로 사랑하는 것입니다. 세상의 기준에 억지로
자신을 끼워 맞추지 않고, 어떤 상황에서도 조건 없이 자신을 지지하
고 격려할 줄 아는 것입니다. 그렇게 자신을 제대로 사랑할 줄 알아야
타인도 사랑할 수 있고 세상에 관대해질 수 있습니다."

《공병호의 일취월장》

부모나 주변사람들은 의지해야 할 대상이 아니다. 그들은 오히려 돌봐줘야 할 긍휼의 대상일 뿐이다. 사람은 의지해야 할 존재가 아니고 아이처럼 대해야 하는 유리같은 존재다. 그들은 쉽게 쓰러지고 상처받으며 고통을 느낀다. 나 자신을 생각해보면 그 이유가 분명해 보인다. 어떤 날은 희망에 차서 무엇이든 할 것 같은 날이 있지만 또 어떤 날은 절망과 슬픔에 겨워 쓰러지는 나약한 존재가 바로 나 자신이다.

그러나 우리는 그 어린아이를 인정하고 달래줘야 하는 성숙한 어른으로 살아가야 한다. 내면의 나에겐 그런 잠재력이 내재되어 있다. 휘트먼의 말처럼 우리는 스스로 그 험한 인생길에서 때로는 달려갈 때도 있고 엉금엉금 기어서 갈 때도 있다. 그 여정 속에서 완주를 하는 사람도 있지만 일부분의 사람들은 지쳐서 도중에 하차하기도 한다. 그러나 인내와 용기는 우리를 그 계단의 끝까지 인도해줄 것이다. 우리는 그렇게 강하고 지혜로운 존재로 지음 받았기 때문이다. 험한 인생길, 당신과 내가 끝까지 완주하기를 기원한다.

나보다 나은 사람과 손잡아라

성장하고 싶으면 훌륭한 사람들과 어울리고 훌륭한 곳에 가고
훌륭한 행사에 참석하고 훌륭한 책을 읽어라 -엘머 타운스

우리의 주변사람들이 누구냐에 따라서 우리의 인생이 95% 정해진다고 한다. 다시 생각해보면 의미심장한 말이다. 지금 주변을 둘러보라. 과연 누가 내 주위에 있는가. 부정적인 사람들과 현실에 안주하는 사람들이 내 주위를 채우고 있다면 다시 한번 생각해볼 일이다. 그 집단에서 얼른 나와야 한다. 주변에 가득 찬 게으른 사람들 속에서 나만 부지런해질 수는 없다. 초록은 동색이란 말이 있다. 그는 바로 부정적인 생각과 행동으로 물들어 게을러진다. 당연히 성공은 그에게서 멀어진다.

말 그대로 빨리 나의 주변을 긍정적인 사람들로 채워나가야 나의 삶이 제대로 굴러갈 것이다. 나의 가족은 바꿀 수 없지만 그 외의 사람들은 내가 바꿀 수 있다. 나의 발전을 도와주고 어려울 때 위로하고 격

려해주며 아낌없이 지원해주는 지원군이 최소한 한 명 정도는 있어야 한다. 인맥은 술 먹고 노는 사람들이 아니다. 무언가 나에게 도움을 주는 사람이 인맥이다. 물론 나도 그들에게 줄 것이 있어야 한다. 필요한 것을 주고받는 관계가 바로 인맥이다.

"현재 20대 혹은 30대라면 자산을 형성할 자금을 자신에게 투자하는 편이 앞으로 수확을 얻을 수 있을 겁니다. 저도 그 나이 때에는 배움에 투자를 아끼지 않았습니다. 어떤 제한도 두지 않고 아낌없이 투자를 계속해왔지요. 그리고 투자에 부합하는 성과를 거두지 못했던 적은 단 한 번도 없었습니다."
《배움을 돈으로 바꾸는 기술 - 이노우에 히로유키》 中

　가고 싶은 세미나나 강좌가 있다면 대출을 받아서라도 가야한다. 배움에는 어떤 돈이 들더라도 감내해야 하는 대담성이 있어야 한다, 강남8학군이 괜히 생긴 게 아니고 맹모가 세 번씩 이사를 한 것이 심심해서 그런 것이 아니다. 성장에는 주변의 도움이 있어야 하고 먼저 성공한 사람들의 조언을 들을 필요가 있기 때문이다.
　이 세상에는 두 부류의 사람이 있다. 하나는 성장하는 사람, 다른 하나는 썩어가는 사람이다. 가만히 서 있는 사람도 서서히 썩어가기는 마찬가지다. 더 이상 계절의 변화를 느끼지 못하는 사람은 가만히 자

시몽..
너는 좋으냐
낙엽 밟는 소리가..

신을 돌아봐야 한다. 지금은 결실의 계절, 가을이다. 모든 성장을 멈춘 잎은 낙엽이 되어 떨어진다. 그리고 땅에 떨어져서 제 생명을 다하고 만다. 우리의 운명도 낙엽과 같다. 언젠가는 사라질 운명이지만 그렇다고 해서 미리 봄에 떨어질 필요는 없다. 각자 맡은 바 임무대로 풍성한 열매를 맺는 것이 우리의 사명이다.

04

비판은 나를 죽이는 칼이다

성공의 비결은 남의 험담을 결코 하지 않고
장점을 들춰내는데 있다 -프랭클린

매사에 비관적이고 남의 험담을 하는 이
들이 있다. 처음엔 이야기를 들어주고 맞장구를 쳐주기도 하지만 나중
에는 "이게 아닌데" 라는 생각이 들것이다. 그런 사람은 언젠가는 같
이 들어주던 나도 뒷담화의 주인공으로 만들기 때문이다. 부정적인 시
선을 가진 사람을 좋아할 사람은 거의 없다. 특히 타인을 공격하거나
비웃는 사람은 본인 자체가 능력이 없거나 별 볼일 없는 경우가 많다.

성공하는 사람들을 보면 대부분 긍정적이고 밝은 면이 많다. 긍정
적인 사람은 남의 험담을 할 겨를이 없다. 그는 자기개발을 하기 바빠
서 험담을 하려고 해도 시간이 부족한 사람이다. 타인에게 관심을 두
는 시간처럼 낭비되는 시간이 없음을 알기 때문이다. 성공하는 사람은
자신을 끊임없이 성장시키려고 하기에 남에 대한 가십이나 평판에 별

로 관심이 없다. 그들의 관심사는 오로지 나보다 나은 사람에게 배우고자 하는 마음만 가득할 뿐이다.

"'할 어반'은 인생을 바꿔줄 선택에서 긍정적인 생각을 불러일으키거나 생각자체를 바꾸는 활동 네 단계로 잠재력, 상상력, 기회, 가능성을 들었다. 남의 험담을 하는 사람들은 기회를 잃게 된다. 자기에게 주어진 수많은 기회는 변화된 삶의 관문이 된다. 빌게이츠는 "변화는 기회다."라고 했다. 기회는 변화의 관문이다. 험담은 이 문을 닫아버리는 것과 같다. 결국 위기를 다른 사람 또는 환경의 탓으로 돌리는 사람은 변화의 기회를 잃게 된다."

《말주변이 없어도 대화 잘하는 법 – 김영돈》中

성공하는 이들의 공통점은 기회에 민감하다는 것이다. 기회는 부정적인 사람에게 스쳐지나가지만 긍정적인 사람에게는 달라붙는다. 험담은 기회라는 신호를 못 보게 하며 변화를 하지 못하게 만든다. 사람들은 살아가면서 수많은 기회와 변화의 시기를 경험한다. 변화를 하고 싶다면 인생의 모든 문제를 긍정적으로 대하는 습관을 들여야 한다. 모든 문제는 일시적이며 당연히 해결된다. 거기에 집착하거나 매여 있으면 변화는 결코 이루어지지 않는다.

비판은 비판을 불러오고 불평은 불평을 불러온다. 사랑은 사랑을 끌어오고 희망은 희망을 노래한다. 이 세상은 '기브 앤 테이크'다. 무엇을 주든 그에 합당한 것이 오게 마련이다.

부정은 이 세상에서 어두운 부분에 속한다. 긍정은 사랑과 빛에 속하는 기운이다. 세상을 긍정적으로 보는 사람은 위기 속에서도 희망을 본다. 따라서 그에겐 성공만 오게 될 것이다. 예전에 삼풍백화점 사고 때 살아난 생존자들을 보면서 긍정의 힘을 실감한다. 그 무거운 건물 더미에 깔려 있으면서도 희망을 잃지 않고 살아난 사람은 최고의 긍정력으로 살아난 것이다.

성공의 샘을 파라

사막이 아름다운 것은 어딘가에 샘을 숨기고 있기 때문이다 −생텍쥐페리

우리의 인생이 아름다운 것은 역경을 겪다가 어느 시기에 "성공"이란 열매를 얻기 때문이다. 그 열매에는 갖가지 인생의 보물들이 들어 있다. 자식의 성공, 건강한 삶, 진실한 우정, 본인의 성공에 이르기까지 헤아릴 수 없는 보물들이 존재한다. 그래서 우리의 삶은 곳곳에 작은 샘을 감추고 있는 사막과 같이 아름답다.

그러나 길을 잘못 잡아 샘을 발견하지 못하고 쓰러지는 이가 적지 않은 게 현실이다. 그래서 인생에는 샘으로 인도해주는 나침반이 필요하다. 그 나침반의 이름은 바로 도전과 열정이다. 도전하지 않는 삶에는 결코 열매가 주어지지 않는다. 거기에 덧붙여 열정이라는 연료가 필요하다.

"처음부터 잘 되는 일은 아무것도 없다. 실패, 또 실패, 반복되는 실패는 성공으로 가는 이정표다. 당신이 실패하지 않을 수 있는 유일한 길은 아무런 시도도 하지 않는 것이다. 그렇다면 당연히 성공도 없다. 사람들은 실패하면서 성공을 향해 나간다."

《찰스 F. 키틀링》

생텍쥐페리는 바로 그런 삶을 살았던 작가다. 우편배달을 위해 야간비행을 하다가 마지막 삶도 비행기위에서 마쳤다. 어린왕자라는 불후의 명작을 남긴 그는 실제로 어린왕자의 마음을 가진 순수한 사람이었다. 우리 삶도 그처럼 사물을 대할 때 순수하게 대하고 일에 대해선

열정을 품어야 한다. 그렇게 살다보면 비로소 우리가 원하는 사막의 오아시스를 발견할것이다.

　세상이 아름다운 것은 꿈과 희망이 도처에 존재하고 있기 때문이다. 만약 희망이 없다면 사람들은 더 이상 도전을 하지 않고 죽을 날만 기다릴 것이다. 어떤 조사에 의하면 94%의 사람들이 뭔가 미래가 좋아질 것 같아서 현실을 견딘다고 한다. 그러므로 미래에 대한 희망이 없다면 현실은 지옥이 될 것이다. 오늘도 맡은 바 일에 최선을 다하면 언젠가는 꿈을 이룬 자신을 발견하게 될 것이다.

시간처럼 소중한 것은 없다

시간은 금이다 −프랭클린

시간처럼 소중한 것은 없다. 시간을 낭비하는 사람은 황금을 길에 버리는 사람과 같다. 미국의 위대한 정치가 프랭클린은 시간을 금이라고 할 정도로 시간관리에 정성을 쏟은 사람이다. 시간은 누구나 하루에 24시간 주어지지만 누구는 25시간처럼 쓰기도 하고 어떤 이는 10시간처럼 사용하기도 한다. 하루가 쓸데없는 시간으로 채워지면 그만큼 성공에서 멀어진다.

내일이 지구의 마지막이라는 생각을 가지면 1분 1초도 낭비할 수 없을 것이다. 나는 시간관리의 소중함을 느끼면서 단 5분도 낭비하면 아깝다는 생각을 하게 되었다. 시간처럼 빠른 것도 없다. 회사에 출근하면 업무를 하게 되는데 어쩌다 보면 금방 점심시간이 된다. 오후에 잠깐 커피한잔 하고 동료와 수다를 떨다보면 어느새 퇴근시간이다. 그러다 보니 업무가 밀려 어느새 야근을 하는 자신을 보게 된다. 이것이 일상적인 회사원의 모습이라면 문제가 아닐 수 없다.

"또 하나 익혀야 할 습관은 시간을 엄수하는 것이다. 매번 시간을 지키는 사람은 5%도 채 되지 않는다. 모든 사람이 약속을 늘 지키는 사람이 누구인지 안다. 그들은 돋보인다. 그들은 다른 사람의 감탄과 존경의 대상이 된다. 기회는 그들을 위해 열려 있다. 그들은 습관적으로 시간을 지킨 결과 다른 사람에 비해 더 가치 있고 능력 있는 사람으로 여겨진다."

《백 만 불짜리 습관 - 브라이언 트레이시》 中

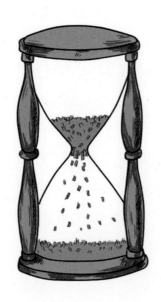

약속시간을 습관처럼 늦는 사람이 있다. 친구라면 잠깐 짜증내면 그만이지만 업무관계라면 이야기가 틀려진다. 게으른 사람을 신뢰하는 이가 과연 몇이나 될까? 현대사회는 신뢰가 깨어지면 인간관계도 끝난다. 바쁜 업무시간을 지키지 않는 상대로 인해 차질이 온다면 당장 계약관계는 사라진다. 시간약속 하나 못 지키는 사람을 이해하려는 사람은 없다.

성공하는 사람은 시간을 철저히 지키는 사람이다. 약속시간에 항상 5분, 10분씩 늦고 변명하는 사람은 성실한 사람이라고 할 수 없다. 시간은 누구에게나 소중하기 때문이다. 성공한 사람은 절대 약속시간에 늦지 않는다. 그는 항상 약속시간 30분전에 미리 와서 대기하기 때문이다. 성공은 시간을 지키는 작은 습관에서 시작된다.

완벽하게 나를 이겨라

자신을 완벽하게 이길 수 있으면 다른 어떤 것도 쉽게 이길 수 있다 그러므로
자신에 대한 승리가 가장 완벽한 승리이다 -토마스 아 켐피스

이 세상에서 제일 힘든 것이 바로 자신과
의 싸움이다. 세상은 자신을 이겨낸 사람들을 칭송한다. 그리고 그의
머리에 월계관을 씌워준다. 자신을 이기면 타인은 자연스레 그를 우러
러보게 된다. 운동을 예로 들어보자. 처음 시작할 때는 조금만 운동해
도 지치던 사람이 한 달 후면 웬만한 운동기구는 다 섭렵하게 되고 체
력이 좋아지는 것을 느낄 것이다. 자신을 이겨내는 데 가장 기초가 되
는 것이 체력을 기르는 일이다. 아무리 좋은 일도 체력이 뒷받침되지
않고서는 해낼 수 없다.

우리의 몸은 기본적으로 건강하다. 하지만 체력을 기르지 않으면
나날이 나빠져서 조금만 힘들어도 지치게 된다. 그러므로 평소에 체력
을 길러야 한다. 일전에 방송에서 70대 노인이 하루에 팔굽혀펴기

1000개를 하며 체력을 뽐내는 것을 보았다. 젊은 유도선수도 그 노인과 대결해서 지고 말았다. 그 사실만 보더라도 운동은 우리를 젊게 해주고 나이를 잊게 만드는 불로초와 같다.

"역경은 행복을 위한 정신단련의 기회다. 침대 밑에 숨는다고 해서 힘이 세지는 것은 아니다. 고개를 들고 삶과 직면하라. 위험에 빠질 수도 있다. 실패하거나 내동댕이쳐질 수도 있다. 그렇지만 하루하루 당신은 자신감을 얻게 될 것이다 점점 긍정적인 태도를 형성할 수 있을 것이다. 삶이 고달플 때마다 스스로에게 속삭여라. 나를 정신적으로 단련시키려는 속셈이군. 나는 점점 더 행복해지고 있어."
《지금 행복하라 – 앤드류 매튜 》中

고난은 아주 효과적인 자양강장제다. 역경은 약한 사람도 강하게 만들어준다. 고난을 즐기다보면 성공에 가까워질 수 있다. 고난은 긍정적인 마음을 갖게 해준다. 눈물 젖은 빵을 먹어본 사람은 인생을 새롭게 살아갈 힘을 얻는다. 어떤 시련이나 어려움도 그를 주저앉힐 수 없다. 하루하루 그는 자신감을 얻고 일어나 성공에 조금씩 가까워진다.

자신을 이긴다는 건 생각보다 어려운 일이다. 하지만 남을 헐뜯고 깎아내려서 같아지기보다는 자신을 날마다 조금씩 발전시키는 게 효

과적이다. 쉽게 말해서 남을 탓할 시간에 자신을 높이면 된다. 어제의
나보다 조금 나아진 삶을 1년만 해보라. 몰라보게 변화하는 자신을 바
라보게 될 것이다. 성공은 거창한 것이 아니다. 잠자는 나를 깨우고 달
라지는 모습을 흐뭇하게 바라보기만 해도 성공에 한 발짝 다가선 것이
다.

위대한 당신, 위대한 꿈을 키워라

————

큰 꿈을 가져라 오직 큰 꿈만이 영혼을 감동시킬 수 있다 —마르쿠스 아우렐리우스

뭔가 이루기 위해 우리는 매일 인생이라는 괴물과 사투를 벌인다. 모든 성공은 작은 꿈에서 출발하지만 지속하는 힘은 큰 꿈을 가진 사람에게만 나타난다. 꿈이 빈약하면 중간에 포기하게 된다. 꿈을 이루기 위해서는 열정이 필요하기 때문이다. 성공하려는 사람에게 가슴 뛰는 꿈이 없다면 새벽 5시에 절대로 일어나기 힘들다.

성공을 꿈꾸는가? 그렇다면 남들이 감히 엄두를 못내는 큰 꿈을 가져라. 지금은 도저히 이룰 수 없을 것 같은 거대한 꿈, 그런 꿈을 가지지 못하면 그는 지금의 위치에서 한 발짝도 앞으로 나아갈 수 없다. 이왕이면 큰 꿈을 가져야 훨씬 높은 단계의 꿈을 이룰 수 있다. 거창한 꿈일수록 성공률이 높아진다. 빈약한 꿈을 가지고 자신을 발전시키긴

힘들다.

"그리고 그 세월은 만만한 시간이 아니었습니다. 매순간 자신을 채찍질하며 나가야 했던 자기극복의 나날이었습니다. 발목에 묶인 현실이라는 밧줄로 인해 엎어지고 넘어져야 했던 시련의 날들이었습니다. 그러나 이 사람들은 포기하지 않고 끝까지 앞으로 나갔습니다. 비록 사방은 날카로운 가시덤불로 꽉 막혀있었지만 그들 스스로가 길이 되어 나아갔습니다. 그리고 마침내 부정적인 현실로부터 자유롭게 되었습니다. 이 사람들의 손에는 한결같이 꿈이라는 지도가 들려있었습니다."
《18시간 몰입의 법칙 – 이지성》 中

꿈에는 현실감이 없지만 믿는 자에겐 모든 것이 이루어진다는 성경 말씀처럼 믿음이 확실한 꿈은 이루어지게 마련이다. 지금 주위를 둘러보라. 50년 전만 하더라도 꿈도 못 꿀 물건들이 사방에 널려 있다. 컴퓨터로 세상이 하나가 되어버린 정보통신의 사회가 지금 옛날 사람들이 봤다면 기절할 모습이 아니던가? 꿈이란 바로 그런 것이다.

현실적인 사람들은 절대로 꿈을 이룰 수도 없고 세상을 바꿀 수도 없다. 왜냐하면 현실에 갇힌 사람들은 꿈이란 게 없기 때문이다. 그저 세상에 이끌려 사는 사람들은 부정적인 감정에 붙잡혀 살아가기 때문이다. 원대한 꿈을 가져라. 세상은 꿈꾸는 자만이 앞서나간다. 부정적인 사람들을 멀리하라. 그들은 세상에 대해 아무런 권한이 없다.

성공과 독서는 친구다

좋은 글을 읽는 것은 과거의 가장 뛰어난 사람들과 대화를
나누는 것과 같다 -데카르트

독서는 마음의 양식이다. 좋은 글을 읽으면 마음에 감동이 오고 자기 자신을 돌아보게 된다. 그래서 다른 말로 책은 영혼의 스승이라고도 불린다. 예전에는 책이 귀해서 좋은 정보를 얻기가 힘들었다. 그래서 좋은 책을 찾아서 먼 길을 떠나기도 했다. 아무리 멀고 험한 길이라도 좋은 책을 얻는다면 그처럼 기쁜 일이 없었다. 책으로 말미암아 그의 인생이 조금이라도 변한다면 정말 좋은 일이다. "너 자신을 알라" 그리스의 유명한 철학자인 소크라테스가 이런 말을 남겼다. 나를 알려면 책을 읽는 것이 효과적인 방법이다.

대화를 잘 하려면 책을 읽어야 한다. 많이 알아야 대화도 잘 할 수 있다. 대화란 것은 내 머리에서 떠도는 단어를 조합해서 정리하고 입을 통해서 표현하는 복잡한 일이다. 그러므로 말을 잘한다는 것은 그

만큼 많은 지식을 알고 있는 것과 같다. 세상에 수많은 언어와 글자가 있다. 보통 영어로 대화를 잘하려면 만개의 단어를 알아야 한다고 이야기한다. 좋은 글과 여러 가지 지식을 많이 알면 알수록 품격 있는 대화가 이루어진다. 그러므로 현명한 대화를 위해서 책을 읽되 좋은 글을 찾아서 읽는 요령도 익혀야 한다. 많은 양을 읽는 것도 중요하지만 좋은 글을 찾는 지혜가 있다면 더할 나위 없다.

"배사장이 이렇게 독서를 통해 얻은 기본 지식이나 아이디어는 바로 사업에도 연결됐다. 때문에 그는 유달리 신조어를 많이 만든다. 예를 들어 영업을 할 때에 각 업소의 사장들에게 "우리 술 좀 팔아주세요." 라고 말하지 않는다. 대신 입점이나 접점, 회전등의 단어를 사용하면서 신선함을 줬다. 영업방법을 좀 더 구체화시켜 직원들은 물론 함께 일하는 상대방에게도 일 자체가 업그레이드 됐다는 느낌을 준 것이다."
《CEO, 책에서 길을 찾다 - 진희정》中

한마디 말이나 글귀가 사람을 살리기도 하고 죽이기도 한다. "펜의 힘은 총보다 강하다" 는 말도 있다. 한 줄의 글이 사람들의 삶을 풍성하게 만들어 준다. 아름다운 고전을 읽다보면 옛 사람들의 지혜를 배우게 된다. 전문서적이나 소설, 시나 에세이까지 책은 종류도 많고 읽

을 것도 많다. 책에 관심을 갖고 독서하는 습관을 들여라. 독서는 당신
을 배신하지 않는다.

이 세상에 내가 살아가는 이유는 간단하다. 생각을 하는 존재로 살
아가는 인간은 무언가를 배우기 위해 존재하는 것이다. 진리는 아주
간단하고 군더더기가 없다. 생각의 오류에 빠진 사람들이 하는 짓은
편협한 우주관과 철학, 신비주의다. 끊임없이 읽고 사색하라. 그것이
당신이 할 일이다. 우리는 먹고 살기 위해 태어난 존재가 아니다. 사색
하려고 태어난 존재, 그가 바로 사람이다. 책은 훌륭한 사색의 도구이
자 우리 존재의 이유다. 호모 사피엔스란 명칭에서 보듯 인간은 생각
하는 존재다. 동물은 본능만 있고 생각을 전혀 하지 않는다. 그것이 인
간과 동물의 유일한 차이점이다.

벼랑 끝에 자신을 세워라

쉽고 편안한 환경에서는 강한 인간이 만들어지지 않는다
시련과 고통의 경험을 통해서만 강한 영혼이 탄생하고 통찰력이 생기고
일에 대한 영감이 떠오르며 마침내 성공할 수 있다 –헬렌 켈러

'온실 속의 화초'란 말이 있다. 나는 군대에 가서야 내가 '온실 속의 화초'란 사실을 알게 되었다. 삽질하나 제대로 못하고 행동도 느린 나는 시쳇말로 "고문관"이었다. 부모님의 보호 아래에서 궂은 일 안하고 편하게 살아온 대가를 군에 가서 치러야 했다. 힘든 경험을 통해서 우리는 성장하게 된다. 우물 안 개구리가 우물을 오르는 고통을 겪지 않고서는 결코 드넓은 세상을 구경하지 못한다.

이와 같이 편안하고 쉬운 환경에서 자란 사람은 거친 세상에서 무능한 사람으로 전락하고 만다. 쇠는 뜨거운 용광로에서 담금질을 거쳐야 질 좋은 강철로 거듭나게 된다. 젊었을 때 일부러 고생도 해보고 여러 가지 모험도 해보는 시도가 나를 성장시키고 어떤 일도 자신 있게

해나가는 밑거름이 된다. 나약한 마음으로 살던 사람이 어려운 일을 겪으면 십중팔구 포기하게 마련이다. 그래서 자식을 사랑하면 먼 곳으로 여행을 보내라는 말도 있다.

"당신은 나쁜 경험에 어떻게 반응하는가? 불같이 화를 내는가? 기가 죽고 움츠러드는가? 가능한 거리를 두려고 하는가? 아예 무시해버리는가? 누군가가 말했다. 모든 문제는 우리 자신을 보여준다. 무릎을 탁 치게 하는 말이다! 우리는 고통스러운 경험을 할 때마다 자신을 좀 더 알게 된다. 고통은 우리를 멈춰 서게 할 수 있다. 반대로 우리가 미루고 싶은 것을 결정하게 하고 피하고 싶은 문제를 처리하게 하고 내키지 않는 변화를 일으키게 할 수도 있다. 고통은 우리가 누구이고 어

디에 있는지 직시하게 한다. 사람은 고통스런 경험에 어떻게 대처하느냐에 따라 달라진다.

《사람은 무엇으로 성장하는가 - 존 맥스웰》 中

여행을 가서 고생도 해보고 새로운 환경에서 어려운 일을 하다보면 나도 모르게 성장을 하게 된다. 그건 어떤 의미에서 군대식 훈련과 같다. 어려운 일을 통해서 인간은 성장하게 된다. 인간은 고통의 시간을 통해서 내면의 성장과 자신에게 맞는 일을 찾을 수 있다. 실패는 자꾸 해봐야 성공의 노하우를 익힐 수 있는 것이다. 사람의 본성은 편하고 쉬운 일에 안주하려고 하는 존재이다. 그러나 현실에 안주하는 사람치고 성공한 사람은 별로 없다.

유태인들은 자녀들을 '사브라'라고 부른다. 사막에 핀 한 개의 선인장이라는 말인데 그만큼 귀한 존재라는 뜻이다. 역설적으로 시련의 역사를 간직한 그들은 강인한 선인장처럼 자라기를 바라는 마음에서 그런 것이 아닌가 싶다. 나라 없이 살아온 그들은 다른 나라 사람들보다 강하다. 지혜와 끈기, 신앙심에서 그들은 철저하고 절제 있는 생활을 통해 세계를 움직이는 석학과 경제력을 쥐고 있다. 시련은 오히려 축복과 같은 것임을 그들에게서 배우게 된다. 강인한 사막의 선인장처럼 우리도 시련이 닥치면 내가 발전하라는 뜻이구나 라고 감사하게 생각해야 한다.

CHAPTER 05 [FRIDAY]

5장

[금요일]

사랑하고 싶고, 사랑받고 싶은
사람들을 위한 명언

옷이 날개다 라는 말의 진정한 의미

훌륭한 옷은 모든 문을 연다 -토머스 풀러

인간관계에서 중요한 요소는 무엇일까? 혹자는 첫인상이 중요하다고 하고 말솜씨가 좋아야 한다고 주장한다. 여러 가지 타당한 말들이 많지만 사람의 내면이 중요한 것은 주지의 사실이다. 하지만 그 못지않게 옷차림과 스타일이 중요하다. 사실 사람을 오래 사귀게 되면 그 사람의 성격과 인성을 알 수 있지만 현대사회에서 그만큼 깊은 관계를 맺기는 무척 어려운 일이다. 그래서 나를 알리는데 결정적 역할을 하는 것이 옷차림이다.

"옷이 날개다." 라는 말이 있듯 잘 차려입은 옷은 나의 이미지변신에 매우 효과적인 방법이다. "노는 만큼 성공한다."를 펴낸 김정운 교수는 머리모양을 바꾸고 나서부터 삶에 좋은 변화가 왔다고 한다. 평범한 외모를 파마머리로 꾸며주니 좋은 인상이 되었다는 이야기다. 옷차림이나 헤어스타일은 나를 어필할 수 있고 단번에 기억이 되는 중요한 수단인 것이다.

"영화 귀여운 여인에서 주인공 줄리아 로버츠는 허름한 옷을 입고 고급 옷가게에 갔다가 종업원에게 무시를 당한다. 하지만 며칠 뒤 고급 옷을 입고 다시 가자 종업원의 태도는 180도 달라진다. 겉치레는 별로 중요하지 않다고 말하지만 실제로 우리는 겉모습을 통해 다른 사람을 판단한다. 교육수준, 가정환경, 심지어는 성격까지도 그 사람의 옷을 통해 판단하는 경우가 많다. 사실여부는 나중의 문제다. (...)

어떤 사람을 외양만으로 판단한다면 그건 별로 성숙한 태도가 아니다. 하지만 그런 미숙한 사람들로 가득 차 있는 곳이 세상이다. 내면만 중요하고 겉모습은 중요하지 않다고 생각하는 사람은 이 말을 새겨들어야 한다. "신은 너의 내면을 보지만 사람들은 너의 겉모습을 먼저 본다." 사람들을 신으로 착각하지 말자. 내면도 중요하지만 외모도 중요하다. 외모는 내면의 또 다른 표현이기 때문이다."

《끌리는 사람은 1%가 다르다 - 이민규》中

사람의 마음과 태도도 중요하다. 하지만 사람들이 옷차림으로도 평가한다는 사실을 명심해야 한다. 밝은 표정으로 인사를 해도 옷차림이 지저분하고 촌스럽다면 사람들은 이내 자리를 뜰 것이다. 그것이 사람들의 일반적인 속마음이다. 머리스타일과 옷차림만 조금 신경 쓴다면 사람들은 이내 그를 다시 보게 될 것이다. 첫인상을 무시하면 만회하는데 오랜 시간을 써야 할 것이다.

장소에 맞는 옷차림은 실로 중요하다. 너무 화려한 옷을 걸치고 장례식에 갈 수는 없듯 결혼식에 캐주얼로 갈 수는 없다. 평소에 옷에 대해 관심을 갖고 미리미리 어울리는 옷을 장만하면 패셔니스트가 될 수 있다.

난 정말 소중한 존재야

우주의 모든 이치는 한치의 오차없이 오직 한사람,
바로 당신에게 향해있다 −월트 휘트먼

내가 없으면 우주는 존재가치가 있을까?
타인의 시선에서 보면 나라는 사람은 한낱 평범한 존재에 불과하다.
사실 우리가 없어도 세상은 잘 돌아간다. 그러나 내가 죽어서 없어지
는 순간 세상은 나에게 아무 의미가 없다. 이 세상은 바로 나를 위해서
존재하는 것이다. 매일 떠오르는 태양도, 공기도, 물도, 애완견마저 나
를 위해서 생겨난 것이다. 그 법칙은 아주 정밀해서 한 치의 오차도 허
용하지 않는다. 내가 어떤 생각과 행동을 하느냐에 따라 작게는 가정
과 직장이 바뀌게 되고 크게는 사회와 국가가 변하는 일도 일어난다.
그렇게 생각하면 나라는 존재는 무척 소중하고 영향력 있는 존재다.

수많은 별들 중에서 오직 지구에 생명체가 존재한다는 사실은 무척
경이로운 일이다. 모든 생명체중에서 유일하게 생각하는 힘을 지닌 사

람으로 태어난 것은 행운이다. 우리는 생각의 힘으로 모든 문명을 건설했고 철학과 과학을 통해 존재의 의미를 알아가고 있다. 어렴풋이 느껴지는 깨달음을 통해 나는 지고한 사랑의 힘을 느낀다. 지금의 나를 있게 한 보이지 않는 위대한 사랑의 힘은 내가 얼마나 소중한 존재인지 자각하게 된다.

"최근 과학자들은 우연으로 보기에는 거의 불가능할 정도로 우주의 존재 그 자체가 매우 특이하다는 사실을 발견하였다. 빛의 속도나 전자의 질량과 같은 물리 상수들을 조사해 본 결과 물리학자들은 우주가 상상을 초월할 정도로 정밀하게 조정되어 있다는 것을 발견한 것이다. 예를 들어, 원자를 구성하는 전자와 양성자의 질량 비율은 기본적으로 1,837배인데, 만약 이 값에서 10의 37제곱 분의 1만큼만 차이가 나도 우주는 존재가 불가능해진다. 또한 우주의 4가지 근본적인 힘 가운데 전자기력과 중력의 비가 10의 40제곱 분의 1만큼만 차이가 나도 생명체가 존재할 수 없게 된다.

그리고 빅뱅 초기에 물질의 밀도 불균일성은 10만 분의 1 정도인데, 만약 이 값이 조금만 작으면 우주는 별과 행성과 생명체가 없는 가스로만 존재하게 될 것이고, 만약 조금만 더 크면 우주는 거대한 블랙홀로만 가득 차 있을 것이다. 저자는 그밖에 태양의 최적의 질량과 위치, 육지와 바다의 비율, 지구 직경의 크기, 지구와 태양의 거리 등 헤아릴

수 없이 정밀하게 조정된 창조의 증거들을 제시하면서 장엄하게 펼쳐
진 우주 창조론의 관점에서 우주 기원을 설명한다."

〈이상은 어느 신문기사에서 발췌한 내용이다〉

요즘 아이를 안 낳아서 저출산이 문제라고 한다. 예전에는 둘도 많
다며 하나만 낳으라고 하던 때가 있었는데 이제는 적게 낳아서 문제
다. 사람의 지혜는 결코 우주의 지혜를 넘어설 수 없기 때문에 이와 같
은 일이 일어나게 된다. 지혜로운 사람은 우주가 그를 위해 존재한다

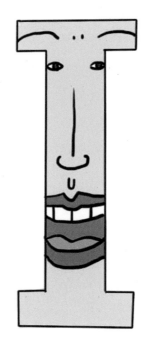

는 사실을 인지하고 살아간다. 그래서 매사에 감사하며 타인에게도 긍휼의 마음을 가지게 된다. 그는 우주로부터 무한한 사랑을 받고 살아간다는 사실을 알고 있기 때문에 현실에서 남들에게 그 충만한 사랑을 나눠줄 수가 있다.

진리를 모른 채 살아가는 사람들은 세상이 주는 고난에 쉽게 에너지가 소진되어 남들에게 사랑을 베풀 만한 마음의 여유가 없다. 세상만을 인식하고 살아가다 보면 몸과 마음이 지쳐버려 감정이 메마른 채로 살 수 밖에 없기 때문이다. 우리가 사는 세상은 보이는 것만이 진리가 아니다. 보이지 않는 세계를 경험하게 되면 참된 사랑의 힘을 느끼게 된다. 그때 내가 존재하는 이유를 깨닫고 자신과 타인을 진정으로 사랑하게 될 것이다.

지금 필요한 건 마음의 문단속

선을 행함에는 노력이 필요하다 그러나 악을 억제하려면
보다 더 노력이 필요하다 –톨스토이

누구나 집을 나갈 때 문단속은 철저히 한다. 그러나 많은 사람들이 마음의 문단속은 소홀하게 여긴다. 돈을 잃으면 다시 벌면 되지만 마음이 도둑을 맞으면 회복하기 힘들다. 우리가 선행을 하는 것은 어렵지만 나쁜 행동은 쉽게 할 수 있다. 마음에 악이 가득 차게 되면 양심은 사라지고 남들이 하니까 라는 말로 자신을 정당화한다.

마음에 나쁜 때가 끼기는 무척 쉽다. 왜냐하면 이 세상은 악이 지배하는 세상이기 때문이다. 주위를 한 번 둘러보자. 세상을 냉정하게 바라보면 착한 사람보다는 악한 사람이 득세하는 일이 훨씬 많다는 사실을 알게 된다. 이것이 세상의 숨겨진 진실이다. 그러나 악은 결국 망하게 되어있다. 조금 어리석어 보이지만 선한 마음을 갖는 게 진리이다.

그러기 위해서 악한 세상에 맞서는 법은 악한 일에는 아예 관심을 두지 말아야 한다.

"내 깊은 내면에서 놀라운 변화가 일어나고 있다. 내 자신감이 계속해서 높아지고 있다. 나 자신을 사랑하는 것이 내게 새로운 자유를 선사한다. 주변사람들도 나를 좋아하고 신뢰한다. 나는 언제나 올바른 판단과 결정을 내린다. 나는 나 자신을 좋아하고 남들도 나를 좋아한다. 나는 언제나 나를 위해 좋은 일을 하며 타인을 위해 좋은 일을 하는 것도 즐긴다. 나날이 나에 대한 믿음과 확신이 깊어진다.
《나는 오늘도 나를 응원한다 - 마리사 피어》中

건강한 마음을 가지려면 나를 사랑함과 동시에 남도 사랑해야 한다. 사람은 누구나 사랑받고 존중받기를 원한다. 그러므로 만나는 모든 사람을 사랑하려고 노력해야 한다. 그러는 사이에 조금씩 악한 마음이 사라지게 된다. 더러운 물에 조금씩 깨끗한 물을 부으면 점차 맑은 물로 변하게 되는 것과 같다. 사람을 사랑하게 되면 행복한 호르몬이 몸에서 나오고 더 한층 건강해진다. 우리는 행복을 먹고 사는 존재다. 소외받는 사람, 혼자 사는 사람이 행복해지기는 힘들다. 사랑 없이 우리는 행복하게 살 수 없다.

선한 마음을 가지려면 처음부터 악을 멀리해야 한다. 한번 더러워진 마음이 선한 마음으로 변하기까지 많은 시간과 노력이 필요하기 때문이다. 우리는 병을 예방하기 위해 주사를 맞고 약을 먹는다. 사랑이라는 예방주사를 매일 맞는 방법은 남을 사랑하는 일을 밥 먹듯이 하는 일이다. 사랑은 주고받는 것이지만 먼저 주는 게 예의다. 받으려고만 하는 사람은 종내 지치게 되고 이기적으로 변하게 된다. 모든 사람은 사랑을 필요로 하는 존재다. 그러나 사랑은 받을 때보다 줄 때 더 행복하다는 점을 명심하자.

사람을 사랑하되 그가 나를 사랑하지 않거든 나의 사랑에 부족함이 없는가를 살펴보라 -맹자

사랑받고 싶은 당신이 반드시 해야 할 일

사랑은 관심사를 공유하는 것이다 –작자 미상

사랑받고 싶은 사람들에게 좋은 소식이 있다. 비슷하면 서로에게 사랑이 싹튼다는 점이다. 지금 바로 내 주위의 사람들을 보면 그 사실을 알 수 있다. 친구나 애인을 보면 비슷한 면이 많을 것이다. 성격이나 외모, 출신학교 등 비슷한 환경에서 성장하고 자라온 사람들이 내 주위에 있는 것이다. 특히 취미나 가치관마저 비슷하다면 무척 이상적인 관계라 할 수 있다.

사랑하는 사람들은 닮게 마련이다. 부부가 서로 살아가면서 닮듯 사랑하는 사람들은 서로 닮는다. 그리고 서로의 관심사에 대해 공유하고 즐거워한다. 사랑은 서로 비슷해져가는 과정이다. 서로 다른 사람이 만나 공통의 관심을 갖고 습관도 비슷해지고 성격도 닮아가는 것이 사랑의 승화과정이다. 처음 만났을 때는 아무것도 몰랐지만 서로 알아가는 과정이 바로 사랑이다.

"미국의 신혼부부들을 조사한 결과 99퍼센트 이상의 부부들이 같은 인종이며 94퍼센트가 같은 종교를 갖고 있는 것으로 나타났다. 더욱이 교육수준, 경제적 배경, 심지어는 키나 눈 색깔과 같은 신체적인 특징까지도 유사했다. 청소년들의 경우도 가장 친한 친구는 나이, 인종, 교육목표, 정치적 신념및 종교가 비슷했다. (…) 서로 비슷한 사람끼리 친해지는 데는 또 다른 이유도 있다 사람들은 자기와 공통점이 없는 사람들에 대해 반감을 느끼는 경향이 있기 때문이다. 심리학에서는 이를 반감가설이라고 한다. 닭이나 원숭이 등 많은 동물들은 자기와 다른 색다른 개체가 나타나면 격렬하게 배척하는 경향이 있다. 개체의 생존과 종족보존의 필요성 때문에 진화된 매커니즘이다."
《끌리는 사람은 1%가 다르다 – 이민규》中

사람들은 비슷한 취미나 외모를 가진 사람을 좋아하는 경향이 있다. 동병상련이라는 말이 있다. 같은 병을 가지면 공통의 관심사를 갖고 서로 공감할 수 있기 때문이다. 그러므로 더 친해지기 위해 때로는 그 사람의 취미나 관심사를 공유할 필요가 있다. 사랑이란 서로 공감하는 데서 출발한다. 공감이란 소통을 의미하며 소통하기 위해서 서로의 관심사가 비슷해야 한다.

　사랑이 성숙해지면 모든 사람을 사랑하게 된다. 그러나 성숙한 사랑을 처음부터 시작할 수는 없다. 다만 우리가 해야 할 일은 내 주위의 가족과 친구, 이웃부터 조금씩 관심을 갖고 그들의 마음속에 사랑의 빛을 일깨워주는 일이다. 우리는 흔히 부모나 부부의 사랑을 떠올리지만 사랑은 남녀관계나 가족만이 전부가 아니다. 내 주변에 있는 사람들을 조건 없이 사랑하는 것, 그것이 진정한 사랑의 시작이다. 사랑은 가까운 사람만 주고받는 것이라는 생각은 아주 편협한 생각이다. 세상의 모든 사람을 사랑하는 일, 그것이 진정한 사랑의 완성이다.

사랑한다는 것은 일생 일대의 축복

사랑하는 것이 인생이다 사람과 사람 사이의 결합이 있는 곳에
기쁨이 있다 -괴테

사랑을 하면 사람이 예뻐진다고 한다. 절
대 틀린 말이 아니다. 사랑을 하면 몸 안에서 엔도르핀이 샘솟을 뿐 아
니라 마음이 넉넉해져서 부드러워지고 긍정적으로 바뀐다. 일명 성적
에너지가 활성화되어 기운이 샘솟고 활력이 넘치게 된다. 모든 위대한
이들의 공통점을 보면 성 에너지가 넘치는 사람들이 대부분이다. 사랑
이라는 명제 앞에 가난, 육체적 장애나 질병도 무력해지기 때문이다.

부모의 자식에 대한 사랑은?최고의 사랑이며 연인간의 사랑, 부부
간의 사랑, 친구간의 우정에 이르기까지 사랑의 종류도 다양하다. 사
랑은 모든 것을 용서하고 포용하는 것을 전제로 한다. 그 사람의 단점
까지도 사랑하는 것이 진실한 사랑이다. 남녀가 서로 사랑하면 결혼을
하게 되고 가정을 꾸리게 된다. 일을 사랑하면 그 분야에서 최고가 될

수 있고 친구를 사랑하면 우정의 메신저가 된다. 사랑은 그래서 모든 것들 중에 최고의 진리이다.

"사랑 세포를 일깨우면 운명이 달라진다. 사랑할 때 발산하는 정신적 에너지는 엄청나다. 사랑하며 머리가 명석해지고 마음이 부드러워지며 몸도 건강해진다. 호기심이 넘치고 신나는 기분이 지속되므로 뇌가 제일 좋은 상태가 되어 쾌감호르몬이 나오고 그것이 가져다주는 행복감과 충족감을 유지할 수 있다. 그 행복감과 충족감은 사람에게 커다란 자신감을 가져다준다. 말 외에 사랑을 표현하는 방법은 사랑스러운 표정으로 상대방의 눈을 바라보는 것 애무나 키스, 적절한 선물을 주는 행위 등 무척 다양하다.
사랑은 사랑할 때까지는 사랑이 아니다. 마치 종소리가 울리기 전에는 종소리가 아닌 것, 노래를 부르기 전에는 노래가 아닌 것과 같다. 싱싱

한 생명은 쉴 사이 없이 주고받는 사랑의 연주현상이다. 이 세상에는 사랑을 줄 수 없을 만큼 가난한 사람도 없고 사랑을 받을 필요가 없을 만큼 엄청난 부자도 없다. 사랑은 아름답고 위대하지만 샘물처럼 계속 퍼줄 때만 새로워진다. 부모와 자식처럼 가장 가까운 사이에도 사랑은 저절로 생기지 않는다고 한다. 아무리 가까운 사이일지라도 사랑을 끊임없이 키우고 발전시켜야 한다."

《한국인이 꼭 알아야 할 행복습관 - 유성은》 中

사랑처럼 사람들이 관심을 가지는 것도 없다. 우리는 사랑하기 위해 태어났고 사랑받기 태어났다. 사랑받지 못한다고 느끼면 인생이 지옥으로 바뀌는 경험을 한번쯤 해본 적이 있을 것이다. 그래서 사람은 한 순간도 사랑 없이 살아갈 수 없다. 사람에게 상처받고 쓰러진 사람도 결국 사람에게 위로받고 치유 받는다.

사랑이란 한마디로 모든 사물에 대한 관심의 표현이다. 우리가 보는 사물은 우리가 관심을 두지 않으면 존재할 이유가 없다고 한다. 꽃이 곤충의 관심을 끌려고 피는 것처럼 사람들도 서로 사랑하고 관심을 갖게 하기 위해 노력하는 것이 인생이다. 진정한 사랑을 경험한 사람은 세상을 과거와는 다르게 쳐다보게 된다. 매일 하는 일상의 작은 일까지도 감사한 마음으로 느끼면 그는 이제 사랑이라는 영역에 한 발짝 들어서게 된 것이다.

열등감은 내가 만드는 괴물이다

열등감은 스스로 인정하지 않는 한 절대 생기지 않는다 –엘리노어 루스벨트

우리는 나약한 존재이기 때문에 손쉽게 열등감에 빠진다. 가족이나 주변사람들의 영향에 따라 우리의 모습과 존재가치는 수시로 바닥으로 갔다가 꼭대기로 가기를 반복한다. 그러는 과정에서 남들과 견줘보는 비교의식에 빠진다. 자신을 어떤 존재로 몰아가느냐에 따라 자신감이 충만할 수도 있고 반대로 열등감으로 무장할 수도 있다.

우리가 어떻게 살아가든 이것은 피할 수 없는 현실이다. 사실 우리는 타인의 시선을 무시하고 살아갈 수 없다. 체면과 허례의식, 혹은 자격지심도 작용해서 열등감을 증폭시킨다. 요즘 우리 사회는 너무 속도가 빠르고 정보가 넘치다 보니 우리가 미처 따라갈 수가 없는 지경에 있다.

"이들은 세상을 쓸모나 귀함으로 평가하는 것이 얼마나 무의미한지 알려준다. 장자 이야기 가운데 쓸모없는 나무에 관한 것이 있다. 집짓기에 좋은 나무는 찾는 사람이 많아 오래 크지 못한다. 하지만 쓸모없는 나무는 아무도 베어 갈 생각을 하지 않으니 걱정이 없다. 쓸모 있는 나무는 잘난 체를 하다가 일찍 베어지지만, 그렇지 않은 나무는 오래 살아남아서 동네 수호신이 되고 사람들의 휴식처가 되기도 한다."

《자존감 수업 - 윤홍균》中

어린아이를 보라. 아이는 배고프면 울고 칭얼댄다. 그리고 주변사람들이 쳐다보면 생글생글 웃기도 하고 자신감에 넘친 얼굴로 도리어 어른들을 당황시키기도 한다. 아이에게는 열등감이 전혀 없는 것이다. 그러나 그런 아이도 성장하면서 점차 열등감이 형성되고 남보다 못한

점을 자신에게서 발견하게 된다. 어떤 점이 되었든 우리는 귀신같이 자신의 단점을 찾는데 전문가들이다.

건강한 삶을 살아가려면 어떻게 해야 할까? 열등감이란 괴물을 잉태하지 않는 것이 우선이다. 어린아이처럼 모든 것에 초연해서 자아를 소중하게 여기는 훈련이 필요하다. 나는 아주 소중하고 사랑스런 존재다. 조금 얼굴이 못났다고, 혹은 능력이 부족하다고 해서 이 세상에 불필요한 존재는 없다. 우리를 지켜보는 우주의 관찰자는 누구에게나 따뜻한 사랑을 보내주기 때문이다. 만약 우리가 능력대로 차별받는다면 매일 떠오르는 태양이 누군가에는 비추지 않을 수도 있다. 모두에게 골고루 쏟아지는 햇빛을 보더라도 우리는 모두 소중한 존재임에 틀림없다.

사랑의 첫 번째 의무

사랑의 첫 번째 의무는 상대방의 말에 귀 기울이는 것이다 —폴 틸리히

사랑하는 사람의 말은 달콤하기에 어떤 말을 해도 귀 기울여 듣는다. 그러나 사랑이 식으면 점차 상대의 말을 건성으로 듣게 된다. 내가 사랑받으려면 상대를 존중해야 한다. 그 첫 번째는 상대의 말에 관심을 갖고 들어주는 것이다. 상대방의 말에 관심을 갖고 들어주는 것처럼 감동을 받는 일은 없다.

상대를 무시하면 사랑은 식게 마련이다. 사랑을 유지하는 일의 첫 번째는 상대의 이야기를 경청하는 것이다. 우리의 마음은 시간이 흘러감에 따라 변한다. 상담사라는 직업이 있다. 상담사들의 훈련과정에서 제일 어려운 것이 듣는 것이라고 한다. 사람은 원래 말하기를 좋아 하고 듣기를 싫어한다. 듣는 것만 잘해도 상담사의 평판이 높아진다. 그러므로 남의 말을 잘 들어주면 남의 고민까지도 해결해 주고 직업으로

도 성공할 수 있다.

"장자에 '음악 소리가 텅 빈 구멍에서 흘러 나온다.'는 글이 있습니다.
악기나 종의 소리는 그 속이 비어 있기 때문에 공명이 이루어져 우리
귀에 좋은 소리로 들리게 됩니다. 사람의 공명통은 마음입니다. 사람
이 마음을 공허하게 지니면 참된 소리가 생겨난다는 뜻입니다. 텅 빈
마음을 가졌을 때, 비로소 우리는 상대방과 대화를 할 준비가 되는 법
이지요. 그렇게 되면 대화 속에서 진실의 목소리를 듣게 됩니다."

《경청 – 조신영, 박현찬》 中

많은 사람들이 잘 소통하지 못해서 싸우고 헤어진다. 상대를 조금만 존중하고 배려하면 갈등은 없어지고 사랑이 더욱 깊어질 것이다. 사람간의 소통에 있어서 듣는 일은 아주 중요하다. 남의 말을 끝까지 들어주고 공감해주는 것으로 사랑은 유지되고 발전한다. 대화의 7할은 듣기라고 한다. 입이 근질거리더라도 참고 상대가 말을 마칠 때까지 기다려주는 여유가 사랑을 깨트리지 않는다. 잘 듣는 사람이 지혜롭고 훌륭한 사람이다.

사랑의 첫째 의무는 상대방을 존중해 주는 것이다. 그 첫걸음은 상대의 말을 잘 들어주는 데 있다. 사랑은 귀로 하는 고차원의 감정교감이다. 나를 비우고 상대를 이해하려고 노력하다 보면 교감능력은 배가된다. 나를 비우는 작업은 상당히 어렵지만 상대를 사랑하면 가능한 일이다. 사랑은 기교가 아니라 진정한 마음이다. 사심없이 상대를 사랑하는 올인의 마음이 기적을 낳는 사랑으로 이어진다.

08

나는 진정한 사랑의 결정체다

인생에 있어서 비극은 죽음이 아니라 사랑을 멈추는 것이다 -서머셋 모옴

사람의 마음속에 사랑이 없다면 얼마나 삭막할까? 사랑은 차가운 난로에 한 가닥 불씨와 같다. 추운 겨울날 따뜻한 성냥개비 하나로 버티던 성냥팔이 소녀를 기억해보자. 사랑은 바로 그와 같이 세상을 따뜻하게 해준다. 사람들은 죽음을 매우 두려워하지만 사실 가장 큰 두려움은 사람들로부터 사랑을 받지 못하는 데 있다. 그리고 자기 자신을 사랑으로 채우지 못한 사람들이 제일 불행한 사람이다.

길을 지나가다 엎어지는 사람을 보고도 모른 체 하고 지나가지는 않았나? 생각해 보자. 그런 적이 있었다면 그 당시 내 마음속에 사랑이 식어있었을 것이다. 사랑은 뒷사람을 위해 문을 잠시 잡고 있어주는 것이며 지하철에서 사람들이 먼저 내린 후에 올라타는 것이며 속

썩이는 자녀를 향해 두 팔을 벌리는 것이다. 사랑은 위대한 관계를 형성한다. 부모와 자식은 끈끈한 사랑으로 이어져 있다. 아무리 악인이라도 자식 앞에서는 순한 양으로 변신한다. 그건 바로 마음속에 무한한 사랑이 있기 때문이다.

"성냥 사세요!" 추운 겨울 성냥팔이 소녀에게 성냥을 사는 사람은 아무도 없었어요. 성냥을 파는 가여운 소녀는 창밖에서 부모님과 따뜻한 벽난로 앞에서 맛있는 음식을 먹는 한 아이를 보았어요. 성냥팔이 소녀는 그 아이가 너무너무 부러웠어요. 소녀는 추위를 이기기 위해 성냥을 켜기 시작했어요. 첫 번째 성냥을 켜자 따뜻한 난로가 눈앞에 나타났어요. 두 번째 성냥은 맛있는 음식이 나타났지요. 세 번째 성냥을 켰을 때 소녀가 본 건 무엇일까요?"

《성냥팔이 소녀 – 안데르센》 中

성냥개비는 하나의 사랑이다. 성냥개비 같은 사랑이 우리의 마음속에 필요하다. 사랑은 불과 같다. 우리의 몸을 녹여주는 난로 불처럼 온정이 피어나야 한다. 사회는 그런 사랑으로 유지된다. 우리는 충분히 많은 사랑을 마음속에 지니고 있다. 다만 용기가 없을 뿐이다. 그 용기는 자신의 내면을 바라볼 때 생긴다.

사랑은 또한 기적을 연출하기도 한다. 어떤 엄마가 아들이 차에 깔

리자 자기도 모르게 차를 번쩍 들어 올려 아들을 구출했다는 실화가 있다. 화염이 치솟는 건물 안으로 다시 들어가 잠든 딸을 구해 온 아빠의 이야기도 있다. 사랑은 불가능을 모른다. 사랑은 죽음도 불사한다. 사랑은 무한대로 세상을 구한다. 아무리 악이 지배하는 세상도 한 줄기 사랑의 빛이 살아있는 한 세상은 살만한 곳으로 바뀐다. 아무리 밟아도 봄이면 돌아나오는 보리새순처럼 사랑은 위대한 생명력을 가지고 있다. 인간의 본성이 아무리 악하다지만 사랑 앞에서는 악도 사라진다.

사랑은 이 세상을 지탱하는 하나의 구심점이다. 찬란한 문명도, 정교한 과학적 증명도 사랑의 신비로운 비밀을 밝혀내지는 못했다. 인간의 양심처럼 마음 한 구석에 보석처럼 빛나는 사랑은 그래서 위대하다. 천년 조개의 진주처럼 영롱하다. 세상은 사랑이라는 원대한 힘으로 꾸려나가는 것이다. 인류의 역사는 바로 사랑의 힘으로 이루어져 왔다. 내가 있기까지 20억의 인류가 필요했다는 연구결과가 나와 있다. 나는 진정한 사랑의 결정체다. 내 안에는 20억 개의 사랑이 들어 있다.

인생에서 제일 중요한 세 가지

어떤 사람이 성자에게 물었다.
"인생에서 가장 중요한 때는 언제이며, 가장 중요한 사람은 누구이며, 가장 중요한 일은 무엇입니까?"

"첫째, 가장 중요한 시간은 현재이다.
그것은 지금 이 순간만이 우리가 스스로를 통제하고, 고쳐나갈 수 있기 때문이다.

둘째로, 가장 중요한 사람은 지금 당신 앞에 있는 사람이다.
사람은 앞으로 어떤 사람과 관계를 맺을지 알 수 없기 때문에 현재 당신 앞에 있는 사람에게 충실해야 한다.

셋째로, 가장 중요한 일은 당신 앞에 있는 사람과 서로 사랑하는 일이다.
우리 인간은 서로 사랑하고 사랑받기 위해 태어났기 때문이다." - **톨스토이**

내가 좋아하는 작가는 톨스토이다. 인간애가 느껴지는 그의 작품과 그의 인생을 보면 마음이 포근해지곤 한다. 그의 대표작 《전쟁과 평화》를 보면 리얼리즘문학의 극치라는 평가를 얻었을 정도로 위대한 작품이다. 그의 작품 중 《인생독본》이란 책은 나에게 많은 깨달음을 주었다. 사람은 물질로 사는 것이 아니고 정신으로 사는 것이라는 사실을 깨닫게 해준 책으로 기억된다. 정신적 존재로서의 인간은 물질보다 정신적 가치에서 행복과 만족을 느끼고 경험한다.

같은 영혼을 가진 가족과 이웃들이 지금 그대에게 가장 소중한 존재다. 우리는 사랑받고 사랑을 주기 위해 태어난 존재다. 지금 그들에게 즉시 사랑한다고 전하라. 그들은 분명 즐거워 할 것이다. 자존심 때문에 사랑한다는 말을 못하는 사람이 의외로 많다. 조금만 자존심을 버리면 사랑이 지켜진다. 지금 자신의 주변에 관계를 끊은 사람이 있다면 다시 한번 생각해 볼 일이다. 과연 상대방을 진심으로 사랑했는지 말이다.

가정은 미리 맛보는 천국이다. 사랑을 나누고 아픔을 공유하고 치유하는 가족이라는 울타리는 천국생활과 다름없다. 그러나 우리의 현실은 그렇지 않다. 가족이라는 짐을 억지로 지고 살아가는 힘겨운 날들의 연속이다. 가족이 때로는 부정적인 존재로 나를 옭아매고 학대하는 지경에 다다른 지금이다. 주기적으로 폭력사건이 일어나는 곳이 가정이다. 천국은커녕 서로 미워하지 않으면 다행이다.

"제가 사람이 되어 살아갈 수 있었던 것은 제 힘으로 스스로를 보살필 수 있어서가 아니라 지나가던 사람과 그의 아내가 사랑과 온정을 베풀어주었기 때문입니다. 부모를 잃은 그 아이들이 살 수 있었던 것은 스스로를 보살필 수 있어서가 아니라 이웃집에 사는 한 여인이 따뜻한 마음으로 아이들을 가엾이 여기고 사랑했기 때문이었습니다. 이렇듯 사람은 누구나 자신에 대한 걱정과 보살핌으로 사는 것이 아니라 사람의 마음에 있는 사랑으로 사는 것입니다."

《사람은 무엇으로 사는가 - 톨스토이》中

　가정은 우리가 최후로 지켜야 할 보루이다. 가정이 무너지면 우리는 어디에서 위안을 받고 힘을 얻을 것인가? 신은 우리에게 일일이 나타나실 수가 없어 엄마를 보내셨다고 한다. 나는 지금도 엄마를 떠올리면 마음이 아련하다. 나의 정신적 버팀목이 되어주신 어머니. 그래서 부모와 자식은 떨어질래야 떨어질 수 없다. 사랑을 받고 자란 사람이 남에게 사랑을 준다. 사랑은 돌고 도는 물레방아와 같다.

아무리 돈이 중요하고 세상일이 바쁘더라도 타인에게 사랑이 없는 사람은 사막과 같은 사람이다. 비록 물질적으로 풍요하더라도 그는 인생의 참된 목적을 상실하고 살아가는 것이다. 우리는 서로 사랑하기 위해 태어난 존재이다. 사랑은 실체를 알 수 없는 불가사의한 감정이다. 그러나 그 사랑 덕분에 우리 사회가 유지되는 것이다.

그래서 우리 사회는 아직 따뜻하다. 부모들이 자식을 사랑하고 국민들이 나라를 사랑하는 한 세상은 희망이 있다. 그 기초는 각각의 존재, 즉 나로부터 시작된다. 나 자신부터 사랑을 베풀고 타인을 따뜻한 시선으로 봐야 한다. 파레토의 법칙을 아는가? 20%의 객체가 나머지 80%를 이끌어간다는 법칙이다. 세상은 겨우 20%가 만들어간다. 내가 사랑을 베풀고 봉사하는 자세를 가지면 내가 세상의 20%에 속한다. 얼마나 값진 일인가? 세상을 이끄는 힘은 나에게서 나온다.

자존감은 세상에서 제일 맛있다

낮은 자존감은 계속 브레이크를 밟으며 운전하는 것과 같다 -맥스웰 몰츠

운전을 하다가 짜증이 날 때는 브레이크를 자주 밟게 되는 정체 상태에 있을 때이다. 목적지에 가기 위해서는 브레이크 대신에 액셀러레이터를 자주 밟아야 한다. 자존감이 없는 사람에게는 수많은 기회가 날아가 버린다. 좋은 친구와의 만남, 좋은 학교에 갈 기회, 그 왜 많은 기회들이 눈앞에서 도망가 버린다. 마치 다잡은 고기를 손에서 놓치는 것과 같다.

세상과 사랑하기 위해서 우리는 발밑에 놓인 낮은 자존감이라는 브레이크를 이제 떼어야 한다. 대신에 높은 자존감은 언제나 우리에게 당당함을 주는 건강한 마음이다. 자존감의 다른 말로 자긍심이란 말도 있다. 자신의 가치를 긍정적으로 평가하는 마음이다. 사랑을 듬뿍 받고 자란 아이들은 자긍심이 높다고 한다. 사랑은 터치로 이루어진다.

엄마가 아이를 품듯 사랑으로 키워진 아이는 자기를 긍정적으로 평가하고 어떤 상황에서도 자신을 비하하지 않는다.

성경말씀에 창세기를 보면 우리는 하나님의 형상대로 지어진 소중한 존재라는 구절이 나온다. 필자는 낮은 자존감과 열등감으로 살아오다가 성경을 읽고 자신의 소중함을 다시 생각하게 되었다. 존귀한 존재, 그가 바로 나라는 존재다. 이 세상의 어떤 존재보다 귀한 존재, 그가 바로 나 자신이다. 신을 닮은 존재라는 사실 하나만 보더라도 우리는 너무나 소중하고 귀한 존재다. 지금까지 낮은 열등감과 자괴감으로 살아온 사람들은 우리가 얼마나 소중한 존재인지 다시 한번 자각하기 바란다. 우리는 동물이 아니고 영혼을 가진 존재이기 때문이다.

"오드리 헵번이 영화배우로 데뷔할 당시 '캐서린 헵번'이란 배우가 이미 할리우드를 평정하고 있었다. 감독이 '오드리 헵번'에게 이름을 바꿔 데뷔하기를 제안했다. 좁은 할리우드에서 헵번이라는 같은 이름을 쓰는 것은 좋지 않을 뿐더러 '캐서린 헵번'이 워낙 유명해 비교대상이 될 거라는 이유에서였다. 그런 감독에게 '오드리 헵번'은 당당히 말했다.

"아니요. 전 제 진짜 이름을 써야 해요."

"왜지?"

"전 오드리 헵번이니까요."

'오드리 헵번'은 참 당돌하면서도 매력적인 여자다. '오드리 헵번'이 그토록 많은 사람들의 사랑을 받았던 이유는 단 하나, 바로 자기 자신을 있는 그대로 사랑했기 때문이다."

《프린세스 마법의 주문 – 아네스 안》中

이 이야기처럼 자신을 사랑하는 것은 남에게 사랑받을 수 있는 첫째 조건이다. 일명 자존감 있는 사람은 타인 앞에서 당당하며 건강한 가치관을 가지게 된다. 자존감이란 자신을 존중하는 마음을 말한다.

"나는 사랑받을 수 있는 존재야."

"나는 세상에서 제일 멋져."

이런 말이 자연스럽게 나올 정도로 나 자신을 사랑해야 한다. 그래야만 이 험한 세상에서 마음에 상처받지 않고 살아갈 수 있다. 자신을 열등감과 소심함으로 도배하며 살아가는 사람에게는 진실한 사랑이 오지 않을 뿐더러 불행한 삶을 살게 된다.

조금 못났다고 자신을 자책하고 남과 비교하는 의식은 이제 버리자. 우리에게 망각의 능력이 괜히 주어진 게 아니다. 컴퓨터 바탕화면에 보면 쓰레기통이 있다. 쓸데없는 파일은 그곳에 버려지듯 우리의 기억 속에도 쓰레기통이 있다. 듣기 싫은 말, 자존감을 떨어뜨리는 말, 비난의 말, 기타 부정적인 말을 모두 모아서 버리자. 그리고 영원히 삭제하자. 그 행동이 나를 살리는 유일한 길이다. 이 세상에는 수많은 부정적인 말과 생각이 유령처럼 떠돈다. 그것을 애써 잡아서 내 기억에 넣는 일은 아주 어리석은 짓이다.

CHAPTER 06 [SATURDAY]

6장

[토요일]

**자녀를 더욱 훌륭한 사람으로
키우고 싶은
사람들을 위한 명언**

가정교육은 밥이다

식사시간을 결코 소홀히 하지 마라 −케네디가의 자녀교육

자녀교육의 기본은 밥상머리 교육이라고 한다. 부모와 자녀가 함께 밥을 먹으면서 대화를 하는 것이 유익하다는 이야기다. 예전에는 밥상에서 떠들면 복이 나간다고 하여 묵묵히 밥을 먹어야 했다. 그래서 조용하고 과묵한 사람이 대접을 받았고 말이 많은 사람은 가벼운 사람이라고 무시했다. 하지만 지금 세상은 어떠한가? 그야말로 이야기도 잘하고 사람들과 잘 소통하는 사람이 대접받는 세상이다.

가수 노사연은 어린 시절 엄마가 밥상에서 유머를 안 하면 밥을 안 줬다고 한다. 그것이 오늘날 그녀를 원만한 성격으로 키운 원동력이 되었던 것이다. 그런 만큼 어린 시절의 가정교육은 상당히 중요하다. 결혼을 할 때 양가의 집안을 살피는 것은 가정교육의 정도나 사람 됨

됨이를 보기위한 것이다. 올바른 집안에서 자란 사람은 어디가 달라도 다르다. 말투나 태도, 삶의 가치관이 건정하게 형성되어 있다. 반대로 불안한 환경에서 자란 사람은 이와 반대로 어둡고 부정적인 느낌이 실려 있게 마련이다.

"실제로 컬럼비아 대학의 중독, 물질남용 연구센터가 12~17세 청소년 1000명을 대상으로 조사한 바에 따르면, 일주일에 5~7회 가족과 함께 저녁식사를 한다고 응답한 청소년은 0~2회 식사를 하는 청소년에 비해 흡연, 음주, 마약에 빠지는 비율이 낮았고, 학교성적은 높은 것으로 나타났다. 또 가족과의 식사횟수가 많은 청소년일수록 스트레스도 덜 받는 것으로 나타났다."

《하루10분 대화법 – 박미진》中

자녀교육에 있어서 같이 식사를 하는 것처럼 좋은 것은 없다. 밥을 먹는다는 것은 단순히 배고픔을 해결하는 것이 아니다. 가족이 둘러앉아 얼굴을 마주보고 대할 수 있는 소중한 시간이다. 하루를 보내면서 일어났던 서로의 에피소드를 주고받는 즐거운 시간이기도 하다. 또한 식사예절을 통해서 인간관계의 기초를 다지는 시간이기도 하다.

자녀들이 올바르게 크는 모습을 보는 것처럼 흐뭇한 일은 없다. 그러나 그것은 작고 사소한 것에서부터 출발한다. 타인과 어울리는데 필

요한 예절이나 대화는 밥상에서 시작된다. 한국인처럼 밥에 민감한 민족은 없다. "식사하셨어요?" 라는 인사말에서 보듯 밥을 먹는 일은 한국인들의 최대의 관심사다. 소중한 자녀를 키우는 데 중요한 요소 중하나는 같이 밥을 먹는 데 있다. 밥을 같이 먹으며 나누는 웃음과 대화로 자녀들은 건강한 어른으로 자라게 된다.

대화하는 아빠가 멋있다

자녀와 대화하는 아빠가 훌륭한 아빠다 –작자미상

아버지와 대화를 많이 나눈 아이들의 창의력이 높다는 연구결과가 있다. 그만큼 아버지와 아이의 대화는 자녀교육에 있어 가장 기본적인 것이다. 엄마와 아이는 모성애를 통한 사랑을 익히는 반면에 아버지와는 또 다른 면, 다시 말해서 사회성을 배울 수 있다. 엄마가 해줄 수 없는 사회생활의 이모저모와 대인관계의 노하우를 전해주는 건 아버지만이 할 수 있다. 아버지는 그런 면에서 아이들의 훌륭한 멘토가 될 수 있다. 그러므로 아버지들은 책임감을 갖고 주말에 시간을 내서 아이들과 많은 대화를 나눠야 한다.

그러나 대부분의 아버지들은 바쁜 생활로 인해 자녀들과 많이 소통하지 못한다. 회식과 야근으로 인해 아이들 얼굴도 제대로 보지 못하는 아버지가 대다수다. 그러나 그런 것들이 핑계가 될 수 없다. 시간이 조금이라도 생기면 껴안아주고 눈을 마주쳐야 한다. 자녀에게 관심을 표명하라. 그럴 때 아이들은 사랑을 받고 있다는 느낌을 받고 성장한다. 부모와의 안정감은 자존감으로 승화될 것이다.

"아이의 마음을 읽어주는 10가지 대화기술

1. 서로 헤어져 있다가 만날 때 미소로 맞는다.

2. 피곤하거나 감정적으로 흥분해 있을 때 심각한 주제의 이야기는 피한다.

3. 아이가 진정으로 하고 싶은 말을 할 때까지 인내하는 마음으로 기다린다.

4. 말과 표정이나 몸짓으로 전달하는 메시지가 서로 일치하도록 노력하고 이야기한다.

중간 중간에 "알아" "이해해" "그래"와 같은 말로 동의를 표현해준다.

5. 아이가 좋은 일을 했을 때 칭찬해주고 아빠의 기쁜 마음을 말로 표현한다.

6. 아이의 말을 잘 이해하지 못했거나 의도를 깨닫지 못했을 때는 다시 한번 말해줄 것을 요청한다.

7. 말을 끊지 않고 끝까지 들어준다. 대화내용이 하찮은 것일지라도 귀하게 여겨주는 것이 대화의 기본이다.

8. "그건 옳지 않아." "어떻게 그런 생각을 하지." 등의 말은 금물이다. 부정적인 말을 하려는 충동을 억누른다.

9. "왜 ..."로 시작하는 문장을 사용하지 않는다. "왜 늦었니?" "왜 그것밖에 못하지?" 등의 질문은 "~ 때문에" "글쎄 모르겠어요."라는 결실 없는 대화로 유도하게 된다. 그러나 "왜" 대신에 의문사로 바꾸어 질문하면 훨씬 부드럽고 효과적인 대화를 할 수 있다. "무슨 일이 있었던 모양이구나."로 대화를 이끌어보자.

10. "사랑해." "아빠는 네가 자랑스럽다." 등과 같은 사랑을 전하는 작은 메모를 식탁 위나 거울에 붙여두는 것도 좋다."

《아빠 대화법 – 전도근》中

필자는 사실 소통과 대화는커녕 아이를 어떤 때는 감정적으로 손을 대기도 하고 미워한 적도 있었던 불량 아빠다. 자녀교육의 기초도 모르고 아이를 키운 게 사실이다. 마흔이 넘어 독서를 통해 자녀교육에 관한 책을 읽으면서 많은 반성과 후회를 하게 되었다. 그럼에도 불구하고 아이와 대화하는 건 여전히 서툴다. 수 십 년간 잘못된 사고방식과 습관이 고쳐지기는 시간이 필요하다. 그래서 요즘도 자녀교육에 관한 책을 틈틈이 읽고 있다

사실 자녀보다 부모가 먼저 인성교육을 받아야 할 대상이다. 부모가 먼저 모범을 보이면 자녀는 올바르게 성장한다. 포도나무에 포도가 열리는 건 당연하다. 그러나 자신은 쭉정이로 살면서 아이한테 포도가 되라고 할 수는 없다. 자녀를 훌륭하게 키워낸 선배나 위인들의 예를 참고해서 실천하는 노력을 기울이고 아이와 많은 대화와 접촉으로 사랑을 주면 아이는 바르게 성장한다. 그 간단한 이치를 우리는 너무 쉽게 간과하고 편하게만 키우려고 하다 보니 많은 문제가 발생하는 것이다.

아이의 자존심을 세워줘라

만일 내가 다시 아이를 키운다면 먼저 아이의 자존심을 세워주고
집은 나중에 세우리라 —다이애나 루먼스

마음의 근육이 튼튼한 아이는 저절로 자기의 독특한 영역을 구축하는 아이로 자란다.

마음이 건강한 아이는 걱정할 필요가 없다. 마음이 건강하면 자신을 소중히 여기는 마음, 타인과 적절히 소통하는 능력이 생긴다.

부모의 의지대로 살아와서 매순간 선택할 때마다 고민하고 여자 친구와 데이트할 때도 장소를 정하지 못해 부모에게 전화한다는 청년의 일이 남의 일처럼 여겨지지 않는다.

건강한 어른으로 키우는 일은 쉬운 일이 아니다. 자율성을 갖도록 옆에서 지켜봐 주고 실수하더라도 인내하는 것이 필요하다. 때에 따라서는 야단을 칠 상황에서도 분노를 억누르고 타이르는 자제력이 필요하다. 남과 비교하는 습관은 아이에게 상처를 준다. 대개 보면 옆집아

이나 1등하는 친구의 아이를 비교한다. 혹은 공부 잘하는 누나나 형들을 비교하면 아이는 주눅이 든다. 왜 나는 이 모양일까? 라는 생각이 들면서부터 아이는 비뚤어지게 된다.

아이에게는 저마다 개성이 있고 획일적인 성적으로 판단하면 안 되는 소중한 존재다.

공부를 잘하면 좋겠지만 그보다는 자존감 있는 아이로 크게끔 도와주는 것이 제일 필요하다. 마음이 건강하지 못한데 공부만 잘하면 무슨 소용인가? 인성이 부족한 사람이 높은 자리에 올라가서 나라를 어지럽히는 일이 생긴다. 이것은 성적지상주의가 낳은 좋지 않은 결과다.

무엇보다 부모의 인성이 올바로 서야 한다. 아이는 부모의 거울이다. 부모가 어떤 생각과 행동을 가지고 있느냐에 따라 아이의 인생이 바뀐다. 모든 부모는 자기 아이뿐 아니라 남의 아이도 소중하게 생각해야 한다. 학교 내 따돌림 문제만 보더라도 피해자는 자기 아이가 아니었으면 하지만 가해자가 자기 아이라 하면 대수롭지 않게 여긴다. 이것은 자기중심적이고 이기적인 생각이다.

자기 아이만 다치지 않으면 된다는 개인적 생각이 사회에 만연한다면 그 사회는 건강하지 않다. 나만 잘하면 되겠지 라는 잘못된 생각이 사회를 이 지경으로 만든 원인이다. 이 세상은 나만 잘 되면 되는 곳이 아니다. 내가 소중하면 남도 소중하다. 그런 마음으로 살아가는 부모가 많아질 때 건강한 자존감을 가진 아이들이 넘쳐나는 세상이 된다.

"나는 너에게 다정한 부모가 될 거야.

세상의 어느 누구도 나만큼 그 역할을 잘 해낼 수는 없어.

나는 네 모습 그대로를 사랑해 앞으로도 늘 그럴 거야.

나는 네가 받아 마땅한 모든 사람과 칭찬, 인정을 줄 거야.

이제 너는 안전해 내가 항상 너를 사랑하고 보호할 테니까.

나는 절대 너를 외면하거나 버리지 않을 거야. 너는 나의 일부분이고

나 역시 너의 일부분이니까.

절대 한 순간도 너를 떠나지 않을 거야. 너를 항상 소중히 여기고 사랑

할 거야."

《나는 오늘도 나를 응원한다 - 마리사 피어》中

부모가 먼저 모범을 보여라

부모의 삶의 방식은 아이에게 교재가 된다 -작자미상

부모가 먼저 모범을 보이면 아이들은 따라오게 되어있다. 그래서 아이가 대인관계를 잘하게 만들려면 먼저 아이와 대화를 나눠야 한다. 하루10분도 대화를 안 한다는 통계가 나와 있다. 그러면서 아이가 친구관계가 잘되기를 바란다면 어불성설이다. 마치 아내를 처음 만났을 때처럼 아이에게 관심을 가져야 한다. 학교에서 무슨 일이 있었는지 담임선생님은 어떤 분인지 친구는 누구를 만나는지 물어보고 대화를 시도하라. 그런 작은 관심도 없으면서 자녀가 원만하게 자라기를 바란다면 착각이다.

나는 말주변도 없고 피곤하다는 핑계는 한강에 내다 버려야한다. 말을 못한다면 스킨쉽이라도 해라. 따뜻한 한 번의 포옹이 백 마디 말보다 낫다. 나는 아이들과 스킨십을 자주 하고 볼에 뽀뽀도 많이 한다.

사랑한다는 말이 입에 달릴 정도로 표현하면서 산다. 처음엔 힘들었다. 안하던 짓을 하려니 얼굴도 화끈거리고 영 내키지 않았다. 하지만한두 달 하다 보니 사랑이라는 것이 습관화되었다. 사랑은 표현할 때열매가 열린다. 서로에게 관심 없는 사랑은 사랑이 아니다. 말로 하고행동을 옮길 때 비로소 사랑이 꽃피는 것이다.

"당신들의 자식은 부모노릇에 서툴기 짝이 없는 당신들 밑에서 자라면서 얼마나 자식노릇하기 힘들지 한번 생각해보라.
너희들이 공부를 잘하면 소원이 없겠다는 말을 반복하는 엄마보다 아무 말 없이 틈만 나면 책을 펼치는 엄마에게서 아이들은 지적 자극을받는다."

《다시 아이를 키운다면 – 박혜란》中

아이가 공부를 못하면 부모에게 문제가 있다. 아마 십중팔구 게임이나 다른 일로 시간을 보내는 부모가 대부분일 것이다. 우리나라 가정에 TV시청시간이 무려 퇴근 후 5시간이라고 한다. 자녀와 같이 TV를 보다가 아이가 공부를 안 하면 성질이 나기 시작한다. 그러다가 결국 "이제 그만 보고 공부해!" 라고 이야기하면 아이는 마지못해 공부방으로 들어가지만 그렇다고 그 아이가 바로 공부에 집중하는 건 아니다. 속으로 "자기들은 TV보면서 나는 공부하라고 흥!" 이러는 아이가 태반일 것이니까.

비만한 어린이 대부분의 부모가 비만이라는 연구결과가 있듯이 부모의 생활습관대로 아이는 자라게 된다. 부모가 운동을 규칙적으로 하고 밥과 채식위주의 건강한 식습관을 가진다면 그 아이들도 마찬가지로 건강하고 아무것이나 잘 먹는 건강한 아이일 것이다. 건강하고 규칙적인 아이로 키우고 싶다면 휴일 날 누워만 있지 말고 나가 놀자고 공을 잡는 아버지가 되어야 한다. 아이는 놀면서 건강해지고 두뇌가 발달한다. 더불어 스트레스도 해소되며 아이들과 어울리는 법도 배우게 된다.

부모가 서로 사랑하라

부모는 아이의 첫 번째 선생이다 -작자미상

서로 사랑하는 모습처럼 좋은 것은 없다. 아이들은 사랑을 먹고 자라는 존재다. 사랑을 많이 받고 자란 아이가 사랑을 베풀 줄 안다. 그것은 부모가 누구냐에 따라 크게 차이가 난다. 매일 말다툼은 기본이고 몸싸움이 그칠 줄 모르는 부모 밑에서 자란 아이가 정상일 리 없다. 평소 부모가 하는 행동이 아이에게 고스란히 전해지기 때문이다.

요즘 부모들은 애들이 공부만 잘하면 다 되는 줄 알고 인성은 신경을 안 쓴다. 그러나 공부만 파고들어 아이가 성적이 좋다고 해서 다 되는 것이 아니다. 남들과 잘 어울리고 사랑을 나눌 줄 알아야 한다. 남을 배려하는 것이 사라진 아이들은 문제어른이 된다. 인성은 저절로 익혀지는 것이 아니다. 부모의 가치관과 행동, 말과 태도를 본받으며 익히는 것이다.

"문제의 핵심은 수치심이다. 자존감에 상처를 입은 사람들은 실패나 패배 경험을 확대해석하는 경우가 적지 않다. 나에게 상담을 받으러 왔던 한 여성은 대학에서 초등교원 자격 과정을 수료했다. 그러나 그녀의 교생 실습 기간은 지옥, 그 자체였다. 지도 교사가 굉장히 엄격해서 그녀는 늘 불합격할까 봐 전전긍긍해야 했다. 이 불안이 너무 컸던 탓에 수업 중에 자꾸 말문이 막혔고, 결국 교생 실습은 낮은 점수를 받으며 끝이 났다. 이 사실이 너무 창피했던 나머지 그녀는 아예 누구와도 이 얘기를 나눌 엄두를 못 냈다. 심지어 진로까지 다른 방향으로 변경했다. 자세히 들어보니 이 여성의 자존감이 낮고 수치심이 강한 것도 어린 시절의 경험 때문이었다.

그녀의 아버지는 아이를 옥박지르고 무척 엄하게 키웠다. 유약한 어머니조차 딸이 자긍심을 키우는 데 좋은 본보기가 되지 못했다. 이렇게 형성된 열등감이 이 여성의 기본 정서에 영향을 끼쳤고, 교생 실습의 태도마저 바뀌게 만들었다. 그리고 결국 낙제 점수를 받으면서 그녀의 열패감은 기정사실이 되어버렸다. (...) 이 여성뿐 아니라 자존감이 부족한 이들이 대부분 비슷한 모습을 보인다. 남들 일이면 그렇게 나쁜 건 아니라고 생각하다가도, 내 일이 되면 혹독하게 비난한다. 당신도 그런 일을 자주 겪는다면, 이제부터 어린 시절과 그간의 경험을 당신이 자신을 바라보는 이미지 안에 통합시킬 필요가 있다. 그리고 친한 친구를 이해하듯 그런 자신을 최대한 이해해주고 감싸주길 바란다."

《심리학 자존감을 부탁해 – 슈테파니 슈탈》 中

　의식적으로라도 서로 사랑한다고 말하는 연습을 해야 한다. 스킨쉽도 자주 하면 좋다. 부부는 아이들의 모범답안이다. 아무리 친구와 학교선생님이 큰 비중을 차지한다 해도 부모만큼 훌륭한 교사는 없다. 아이의 자존감은 부모에게서 나온다.

　자존감은 어른들만 필요한 것이 아니다. 아이들에게 제일 필요한 것이 바로 자존감이다. 나를 존중하고 소중하게 여기는 마음, 그것이 아이들을 바르게 키운다. 설령 아이를 야단칠 때에도 가슴에 앙금이 되는 말을 하면 안 된다. 아이는 아직 때 묻지 않고 불완전한 존재다. 아이는 소유물이 아니고 하나의 인격체다. 다만 회로가 구성이 안 되었을 뿐이다.

분노를 잘 다스리는 부모가 훌륭하다

어리석은 자는 분노를 다 드러내어도 지혜로운 자는
그 노를 억제하느니라 -잠언

분노를 잘 터트리는 부모 밑에서 크는 아이들은 늘 우울하고 의기소침해 있다. 언제 아버지가 화를 낼지 몰라 가슴이 두근거리고 공부도 잘 될 리 없다. 부모가 정서적으로 불안하면 아이들도 따라서 정서불안에 시달리게 된다. 나 역시 소심함과 열등감이 많아 화를 자주 터트리는 편이었다. 조금만 분노가 일어도 아내와 싸우고 아이들 앞에서 화를 많이 냈다. 지금 생각하면 무척 후회가 되는 부분이다. 분노를 다스리지 못하는 부모가 아이를 잘 키울 리 없다.

화를 잘 내는 사람은 역으로 겁이 많고 열등감이 많다는 의사들의 소견이 있다. 문제 부모밑에 문제아가 나온다고 한다. 아직은 아이가 어려서 부모에게 대들지 않더라도 어른이 되면 부모에게 대들거나 사회적으로 문제를 일으키게 된다. 콩 심은데 콩 난다는 속담이 있듯 부모의 행동은 고스란히 아이에게 전해진다. 사람은 민감한 영혼을 가진 존재다. 영혼에 상처를 자주 입게 되면 사회적으로 사람들과 잘 어울릴 수 없게 된다. 아이가 문제가 생기기 전에 부모가 먼저 상담소에 가서 스스로 분노를 완화하는 치료가 선행되어야 한다. 더 늦기 전에 문제아를 만들지 말아야한다.

"부모의 화가 자녀의 정서와 대인관계, 학업 등 다양한 면에 심각한 영향을 미친다는 연구결과가 속속 보고되고 있다. 폭력적인 환경에서 성장한 사람은 늘 남의 눈치를 살피거나 위축되어 있으며, 기억과 학습에 필수적인 해마가 스트레스 호르몬에 의해 망가져 그 기능을 제대로 발휘하지 못한다고 한다. 게다가 화를 심하게 내지 않는 부모의 아이들은 단 5%만이 비행을 저지르는데 반해 한 달에 세 번 이상 체벌을 가한 부모의 아이들은 25%가 비행을 저질렀다는 연구결과도 있다."
《하루10분 대화법 – 박미진》中

분하고 화가 나면 아이의 뇌는 정지한다고 한다. 기가 막힌다는 표현이 있다. 바로 그런 상황에서 쓰는 말이다. 기가 막히면 몸의 여기저기 혈관과 장기에 문제가 생긴다. 화는 지속적인 특성이 있다. 당장 시간이 지나서 증상은 없어지지만 몸은 그 기억을 기억하고 있다. 그리고 그런 비슷한 상황이 오면 분노 스위치가 켜지고 그때의 트라우마나 나쁜 기억을 되살리게 된다.

한 마디로 분노는 치료해야 할 대상이다. 가만히 앉아 세월이 지난다고 치료되는 것이 아니기 때문이다. 부모는 아이의 교사다. 교사가 매일 아이를 윽박지르고 때린다고 하자. 어떤 아이가 그 선생님을 좋아할까? 마찬가지로 자주 화를 내고 분노를 터뜨리는 부모를 보는 아이들이 어떨지는 십중팔구다. 인생은 문제의 연속이며 그 문제를 해결해가는 과정이 인생이다. 부모 스스로 자기개발을 하지 않고 아이를 키운다면 그 아이의 미래는 암흑 속에 갇힐 것이다.

사랑의 회초리는 필요해

자녀에게 회초리를 쓰지 않으면 자녀가 아비에게 회초리를 든다 -풀러

"때려서 키운 자식에게 효도 본다."는 말이 있다. 귀엽게 키운 자식은 자기가 세상에서 제일인줄 알고 교만해져서 부모의 은혜를 잊어버리는 경우가 많다. 그래서 이런 말이 나온 게 아닌가 싶다. 산을 지키는 나무는 못생긴 나무라고 한다. 왜냐하면 잘생기고 멋진 나무들은 사람들이 모두 베어가기 때문이다. 좀 부족하고 바보 같지만 그런 자식이 나중에 부모에게 효도하고 집안을 지키는 사람이 된다.

내가 결혼을 하고 아이를 키우면서 사실상 자녀교육에 대해 관심도 없었고 아이가 잘못을 저지르면 분노에 차서 체벌을 가한 적도 있다. 때로는 아이들 앞에서 부부싸움도 많이 했다. 어떻게 보면 철없고 어리석은 아버지다. 그렇게 자란 아이들이 커서 마음에 상처가 많음을

느꼈다. 소심하고 친구를 잘 못 사귀는 둘째아들을 보면 사실 마음이 아프다. 모두 내 탓인 것처럼 느껴지기 때문이다. 자녀는 부모의 등을 보며 자란다고 한다. 아이의 첫 번째 선생님은 바로 부모다.

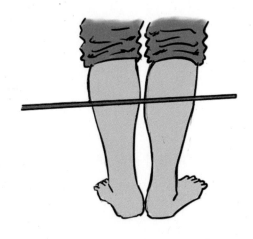

마흔 초반에 나는 게임과 유흥을 접고 그 대신에 책을 들었다. 많은 독서를 통해서 자녀교육에 관한 책을 읽어보니 반성이 많이 되었다. 물론 자녀들을 함부로 때리지 않고 자유롭게 키우는 부모도 현명하지만 좀 더 적극적인 부모는 아이의 비전을 세워 주고 같이 고민하는 부모다. 자유는 어떻게 보면 방임이란 단어와 흡사하다. 그래서 때에 따라 아이의 삶에 등대가 되어주는 부모가 되어야 한다. 아이의 단점을 잘 파악해서 고쳐주고 공부하라는 잔소리보다는 공부하는 환경과 조언을 해주는 부모가 훌륭한 부모다. 나는 모든 부모들이 TV를 없애고 독서를 했으면 하는 소망이 있다.

"민주주의 스타일의 부모는 자녀에게는 인생의 안내자인 부모로서 가능한 한 최선의 길로 자녀를 인도할 것이다. 자녀가 자신에게 가장 중요한 선택과 결정을 내려야 할 때 그의 생각과 결정을 존중하겠다는 생각으로 자녀를 양육한다. 민주주의 스타일의 부모는 자녀와의 관계 속에서 상호만족의 원리를 추구한다. 자녀만 만족하거나 부모만 만족하는 일방적인 관계가 아니라 자녀와 부모 모두 만족하는 그런 관계를 원한다."

《가정원칙 – 정정숙》 中

독서만큼 훌륭한 스승은 없다. 필자도 어리석은 부모를 탈출한 계기가 바로 독서였기 때문이다. 책 속에는 무한한 지혜와 지식이 있고 나의 삶을 나침반처럼 인도한다. 아이들도 마찬가지다. 부모의 말 한 마디 행동에 따라서 얼마든지 좋은 방향으로 자라날 것이다. 옛 말에 찬물도 아이 앞에서 함부로 마시지 말라는 속담이 있다. 그만큼 부모의 행동 하나하나는 아이에게 그대로 이어지고 손쉽게 그 사람의 가치관으로 바뀌기 때문이다.

진정한 부모는 아이의 출세보다는 아이의 올바른 성장과 고민거리를 같이 나누는 친구 같은 부모다. 요즘 대화가 부족한 가정이 많다. 나는 다행히 가족들과 식사를 자주 하는데 그때마다 대화를 많이 나누려 애쓴다. 밥상머리 교육이 진짜라는 말이 있듯, 가정교육은 정말 중요하다. 지식만 주입하는 교육은 사실 괴물을 만든다. 인성이 바로 서지 않은 사람을 양산하는 요즘의 학교는 그 기본인 가정교육이 무너진 까닭이다. 교사가 학생을 무서워하고 부모는 제 역할을 못하는 사회는 뿌리자체가 흔들리게 마련이다.

무조건 체벌만 안하면 능사가 아니다. 성경말씀 중에서도 자녀에게 회초리를 들어야 한다는 구절이 나온다. 아이들은 인성과 올바른 가치관이 아직 부족해서 실수하는 경우가 많다. 그럴 때 부모의 회초리는 자식을 올바르게 성장시킨다. "귀엽고 사랑스런 내 자식인데 어떻게 혼낼까" 하는 마음은 자식을 망치게 하는 근본이다. 아무리 귀여운 자식이라도 잘못을 하면 따끔하게 혼을 내고 대신에 평소에는 사랑으로 대해야 한다.

나는 요즘 아이들에게 사랑한다는 말을 자주 한다. 그래서 둘째아들과 많이 가까워졌다. 같이 도서관도 다니고 운동도 하면서 친해지려 노력한다. 부모의 역할은 많은 사랑을 자식들에게 주는 것이다. 사랑을 기초로 한 사랑의 매는 효과적이지만 평소에 무관심하다가 성적표만 보고 회초리를 든다면 그건 자녀에게 반감만 사게 된다. 그렇게 키운 자녀는 나중에 부모를 홀대하고 무시하기 십상이다. 자녀는 내 속으로 낳았지만 하나의 훌륭한 인격체다. 자녀를 소유물로 생각하면 내가 소유물처럼 대접받게 된다. 사랑과 조언을 아끼지 않는 부모가 훌륭한 자녀를 만들 것이다. 사랑은 만고불변의 법칙이기 때문이다.

진정한 교육은 '가르침'이 아닌 '행함'이다

어느 누구에게도 나와 똑같이 행하라고 말할 수 있게 행동하라 -칸트

자녀교육에 있어서 부모의 역할은 매우 중요하다. 학교나 학원은 지식을 가르치지만 부모는 인성과 가치관을 책임지는 선생님이다. 훌륭한 부모란, 자녀의 버팀목이 되어주고 때로는 친구처럼 대할 수 있어야 한다. 아이가 아플 때에는 사랑을 듬뿍 주고 품어야 할 때도 있다. 그래서 부모는 자녀의 울타리가 되어야 한다. 아이가 공부도 잘하고 친구도 잘 사귀고 운동도 잘한다면 좋을 것이다. 하지만 현실은 녹록치 않다. 말썽부리고 게임에 잠자기, 학교 안가고 버티기 등 아이들의 일탈행위는 무척 다양하다.

그럴 때마다 잔소리와 협박으로 아이를 어우르고 달래보지만 효과는 그다지 나타나지 않는다. 그래서 부모가 먼저 모범을 보여야 한다. 독서와 운동을 하고 아이와 여행이나 가까운 도서관, 박물관도 다니면

서 아이와 친해져야 한다. 자신은 모임이며 취미생활을 한답시고 아이가 무엇을 하고 다니는지 모를 정도라면 큰 문제다. 자녀교육은 정성을 들인 만큼 되는 것이다.

"아프리카의 성자라고 불렸던 알베르트 슈바이처 박사에게 어떤 이가 자녀교육에서 가장 중요한 것 3가지를 말한다면 무엇이겠느냐고 물었다. 그의 대답인즉, 첫째도 본보기, 둘째도 본보기, 셋째도 본보기라고 했다.
자녀가 공부에 흥미를 나타내기를 원하면, 방법은 아주 간단하다. 부

모가 시간을 내서 책을 읽는 것이다. 자녀가 몸이 튼튼하기를 원하면, 부모가 시간을 내서 운동을 하는 것이다."

《성공의 85%는 인간관계 - 최염순》中

　　여성학자 '박혜란' 이라는 분이 있다. 세 자녀를 모두 명문대학에 보낸 분인데 자녀에게 공부하라는 소리대신 본인이 공부하는 모습을 보여주면서 저절로 아이들이 공부를 할 수 있게끔 모범을 보이신 분이다. 이런 자세로 아이들을 대한다면 비뚤어지거나 말썽부리는 아이라도 저절로 고쳐질 것이다. 부모는 아이의 거울이다. 거울이 깨져있다면 누가 쳐다보아도 제 모습이 비춰지긴 힘들다. 부모가 먼저 올바르게 살고 공부하는 모습을 보이고 부지런한 생활을 할 때 아이들도 따라오게 된다.

　　이 세상에서 제일 힘든 일이 있다면 바로 아이를 올바로 키우는 일이다. 학교 선생님이나 학원에서 아이를 가르치지만 인성과 가치관은 부모가 만드는 것이다. 그런데 그런 것들은 부모가 올바른 인성과 가치관을 가질 때 생긴다. 잔소리와 협박으로 아이가 바르게 되지 않는다. 바르게 사는 부모를 통해서 아이는 올바르게 성장하는 법이다.

일기는 공부다

평생 일기 쓰는 아이로 키워라 –명문가의 자녀 교육 中

하루의 일을 마치면 글로 하루를 마감하는 습관처럼 좋은 것은 없다. 하루에 한 줄이라도 적다보면 오늘 내가 어떤 일을 했고 어떤 사건으로 마음이 기뻤고 상했는지 알 수 있다.

그와 동시에 하루를 반성하면서 정리를 하면 기억이 말끔해진다. 초등학교 때 방학숙제로 우리는 일기를 써야 했다. 내 기억에 한 달 분량의 일기를 하루에 몰아서 쓰는 바람에 손이 마비될 정도로 힘들었던 기억이 난다.

평소에 글을 안 쓰던 사람이 일기를 쓴다는 건 고문이다. 그런 어느 날 문득 사진첩을 꺼내서 옛날 사진을 본 적이 있다. 그 사진에서 추억 속의 나를 보게 되었다. 사진은 남아도 기억은 스러지고 없다. 그런 때 아쉬운 건 기록을 남기지 않았다는 사실이다. 젊었을 때 써둔 시와 일기들은 지금 온 데 간 데 없다. 이사를 하면서 다 잃어버렸기 때문이다. 보고 듣고 마지막에 기록해야 진정한 기억이 완성된다. 기록을 남기는 것은 뇌에 대단히 좋다고 한다. '파란 펜 필기법'이란 책에서 보듯 필기하는 습관은 매우 효과적이다.

"9월 15일 맑음. 밀물에 맞춰 여러 장수들을 거느리고 우수영 앞바다로 진을 옮겼다. 벽파진 뒤에는 명량 해협(울돌목)이 있는데, 적은 수의 수군으로 명량을 등지고 진을 쳐서는 안 되기 때문이다. 여러 장수들을 불러 모아 놓고 엄하게 말했다. "병법에서 이르기를 '죽고자 하면 살고, 살고자 하면 죽는다.'라고 했다. 또 '한 사람이 길목을 지키면, 천 사람이라도 두렵게 할 수 있다.'라고 했는데 이는 오늘의 우리를 두고 하는 말이다. 너희 장수들이 조금이라도 명령을 어긴다면 즉시 군율로 다스리겠다." 이 날 밤 신인이 꿈에 나타나, "이렇게 하면 크게 이기고 이렇게 하면 패하게 된다."라고 일러주었다."

《난중일기 - 이순신》中

'이순신' 장군을 모르는 사람은 아마 간첩일 것이다. 그러나 그분의 역사를 우리가 아는 것은 바로 장군께서 직접 쓰신 일기 덕분이다. 우리가 옛날의 기록을 통해서 역사를 알 듯 일기는 무척 소중한 사료가 된다. 난중일기는 국보로 지정된 역사적 자료다. 한낱 개인의 일기로 여겨지더라도 후세에는 소중한 역사가 되는 것이다. 그러므로 매일 일기를 쓰는 것은 훌륭한 습관이다.

흔히 공부를 하는 학생의 모습을 보면 책을 펼쳐놓고 책상에 앉아 있는 모습을 연상하게 된다. 공부를 할 때 보기만 하고 노트에 쓰지 않는다면 공부의 효율성이 떨어지게 된다. 밑줄도 긋고 박스도 쳐가면서 메모를 해야 비로소 공부가 완성된다. 글쓰기라는 행동은 다분히 적극적인 공부습관을 길러준다. 읽기가 일반적인 공부방법이라면 글쓰기는 첨단전투기처럼 고급에 속하는 공부법이다. 굳이 작가가 되지 않더라도 글쓰기는 아주 기본적인 능력에 들어간다. 대학에 가기 위해서도 자기소개서를 잘 써야 입학에 유리한 실정이다.

요즘은 대학별로 논술고사를 치러서 대부분의 신입생을 뽑고 있다. 말 그대로 글 쓰는 능력을 보는 것이다. 예전에 대학을 가던 시절과 엄청나게 바뀐 제도로 학생들이 힘들어 하고 있다. 이제는 글쓰기가 중요한 실력에 포함되어 있다. 그러므로 어릴 때부터 일기를 쓰는 습관이 중요해졌다. 초등시절 그저 방학숙제로만 여겨지던 일기쓰기가 이제는 중요한 입시과목이 된 것이다.

칭찬을 먹고 자란 아이가 성공한다

큰 소리로 칭찬하고 작은 소리로 비난하라 –러시아 격언

아이가 잘 되게 하려면 칭찬을 해야 한다. 칭찬은 마법의 언어다. 왜냐하면 공부 못하는 아이도 한 달만 칭찬하면 공부를 하고 싶어서 안달이 날지도 모르기 때문이다. 아이가 공부 안하고 게임만 하더라도 일단은 야단을 치지 말고 슬쩍 물어봐야 한다. "그거 아빠가 보니까 재미있는 것 같더라. 나도 한번 해볼까?" 그러면 아이는 신이 나서 아빠에게 게임에 대한 설명을 늘어놓고 대화를 트기 시작할 것이다. 일단 아이는 아빠와 함께 하는 시간 자체가 즐겁다. 아마 대놓고 공부도 안하고 게임이나 하냐고 핀잔을 줬다면 아이는 주눅만 들어서 공부에 대한 반감이 커질 것이다.

아이가 하는 행동 중에서 기특한 일을 발견하면 입에 침이 마를 정도로 칭찬해야 한다. 그 대신에 결과만 놓고 말하지 말고 과정에 대해

칭찬하는 습관을 들여야 한다. 이를테면 성적이 좋아졌으면 "열심히 하더니 성적이 올랐네. 너 정말 기특하다." 이런 식으로 칭찬을 한다. 과정에 대한 칭찬은 머리가 똑똑하다거나 능력에 대한 칭찬이 아니다. 노력하면 된다는 기본적인 태도에 대한 칭찬이므로 아이는 다음부터 노력에 박차를 가할 것이다.

"우리 모두는 격려를 필요로 한다. 어린 나무가 비료를 주지 않아도 말라죽지 않는 것처럼 우리도 격려 없이 살 수는 있다. 그러나 따뜻한 보살핌을 받지 않는 한 우리는 결코 자신의 잠재력을 완전히 발휘하지 못하며 혼자 방치된 나무처럼 열매를 맺지도 못한다."
-플로렌스 리타우어-

칭찬만큼 효과적인 자녀교육은 없다. 아무리 공부를 잘하고 겉으로 문제가 없어보여도 어느 날 부모에게 대들고 비뚤어지는 아이가 있다. 부모가 무서워서 공부하는 척 한 것뿐이다. 아이는 공부기계가 아니다. 하나의 인격이고 존중받아야 할 존재다. 부모라고 해서 권위적으로 다루어선 곤란하다.

대부분의 부모들은 아이에게 잔소리를 달고 산다. 그러나 잔소리는 백해무익이다. 스스로 하게 만들려면 잔소리는 한 번만 하고 그만 둬야 한다. 대신에 동기부여에 보약이 되는 것은 칭찬이다. 사소한 것이

라도 칭찬하는데 인색하지 말아야 한다. 부모들이 간과하는 부분은 칭찬을 애써 했는데 마무리는 지적과 비난으로 끝내는 데 있다. 혼낼 일이 있다면 먼저 지적하고 혼낸 다음에 칭찬으로 마무리하라. 그러면 아이는 칭찬한 것에만 집중해서 신바람이 날 것이다.

CHAPTER **07** [SUNDAY]

7장

[일요일]

지금 당장 마음의 평화가 필요한
사람들을 위한 명언

기다려라, 고통이 곧 축복을 몰고 온다

매일 날씨가 좋으면 사막이 된다 -오그 만디노

비가 오고 천둥이 치는 날이 있다. 그럴 때 날씨가 맑아지면 얼마나 좋을까 라는 생각이 들 때가 있다. 그 날이 바로 가족들과 여행을 가는 날이면 더욱 그런 마음이 들것이다. 그러나 날씨가 매일 맑으면 그것처럼 난감한 일이 없다. 비가 오지 않으면 가뭄이 들게 되어 결국 식량이 부족해지고 마실 물도 말라버린다. 언제나 평화가 이어지고 조용할 수는 없다. 주기적으로 태풍도 일어나야 하고 화산도 폭발해야 한다. 이것이 자연의 섭리이자 법칙이다.

매일 기쁘고 즐겁게 살면 행복하지 않을까 라는 생각이 들지도 모른다. 하지만 좋은 것은 오래 지속되지 않는다. 우리는 선천적으로 지루함을 이기지 못하기 때문이다. 매일 즐거운 생활은 더 이상 기쁘지 않게 될 것이다. 사람의 마음은 간사해서 더 높은 쾌락을 추구한다. 마치 10억을 가진 부자가 100억을 가진 부자를 부러워하는 것과 같다. 흔히 하는 말로 인간의 욕심은 끝이 없다고 한다. 우리의 욕망은 그야 말로 멈추지 않는 폭주기관차다.

"인생의 향기도 이와 같이 극심한 고통 중에서 뿜어져 나옵니다. 그래서 고통 없는 인생은 없습니다. 가지와 줄기가 뒤틀렸다고 해서 꽃마저 아름답지 않은 나무는 없습니다. 절망과 고통을 지나며 홀로 베개에 눈물을 적셔본 자만이 별빛이 아름답다는 것을 알게 됩니다. '내 인생에 왜 이렇게 고통이 많나' 라고 생각하기보다 '고통 많은 내 인생에도 이런 기쁨이 있구나.' 라고 생각한다면 누구의 인생이든 달라집니다."

《내 인생에 용기가 되어준 한마디 - 정호승》中

어떤 목사님의 설교 말씀이 생각난다. 이 분이 암으로 중환자실에 누워 있는데 옆에 있던 노인의 심장측정기가 갑자기 "삐삐" 하면서 소리를 냈다. 그러자 간호사가 놀라 담당 의사를 호출했고 측정기의 그래프는 계속 일직선을 그리더니 한참 후에 의사가 이불을 그 노인의 머리위에 덮어씌웠다. 잠깐 사이에 노인이 돌아가신 것이다. 그래서 그 목사님도 놀라서 자기의 심장측정기를 쳐다보며 제발 아래위로 움직이라고 기도했다고 한다. 심장그래프는 정상이면 아래위로 곡선을

그리며 앞으로 나아간다고 한다.

　이 이야기대로 우리의 인생은 아래위로 상승과 하강곡선을 이루며 전진하고 있다. 누군가는 "제 인생이 정말 평탄했으면 좋겠어요." 라고 이야기하지만 평탄한 인생은 죽음 외에는 없다. 돌아가신 그 노인처럼 인생의 그래프는 일직선으로 가면 죽음을 의미한다. 그러므로 고난이 오면 오히려 "내가 지금 정상이구나." 라고 감사해야 한다. 그리고 좋은 일이 있으면 잠시 후에 나쁜 일이 생긴다는 신호이니 마음의 준비를 해야 한다. 갑자기 실패가 닥치면 마음을 추스리기 어렵다. 그럴 때 중환자실의 심장측정기를 생각하면 마음이 평안해지지 않을까?

책이 당신의 운명을 바꾼다

가장 훌륭한 벗은 좋은 책이다 -체스터필드

인간은 누구나 외롭다. 그래서 친구를 만나 어울리면서 외로움에 저항한다. 학창시절에 나는 무리지어 놀러 다니는 친구들을 보면 부러운 생각이 들곤 했다. 그 시절에 친구가 별로 없었다는 건 나사가 하나 빠진 채 지낸 것과 같다. 사람은 친구를 통해 고민과 기쁨을 나누면서 커가는 존재이기 때문이다. 더구나 요즘은 핵가족 시대이기 때문에 친구의 중요성이 한층 더 높아졌다. 그래서 친구로부터 따돌림을 당하는 것이 제일 큰 두려움이다.

공자님도 "멀리서 친구가 찾아오면 기쁘지 아니한가." 라는 말을 남기셨다. 친구란 그렇게 소중한 존재이다. 그래도 중학교시절 만난 친구 한명과 지금까지 연락을 주고받는데 나에게 많은 위안이 된다. 아마 그마저 없었다면 나의 학창시절을 기억해 줄 사람이 하나도 없는 것이다. 친구란 존재는 그렇게 소중한 인생의 한 부분을 차지한다.

"새싹이 잘 자라도록 거름이 되어주고 비료가 되어주는 친구입니다. 때로는 햇살이 되어주고 기운이 되어줌으로써 나로 하여금 무성한 열매를 맺게 하는 친구이지요. 이 땅과 같은 친구를 많이 갖고 있다면 성공한 인생입니다. (...) 제겐 이 땅과 같은 친구가 바로 책이었습니다."
《책속의 향기가 운명을 바꾼다 - 다이애나 홍》中

나이를 먹고 중년이 되어가는 시기에 책을 접하면서 잃어버린 친구를 만난 듯 즐겁다. 내가 읽었던 책들이 나를 위로해 주고 인생을 풍부

Renoire.

하게 해 준다. 많은 친구를 만나서 다방면으로 사귀는 것도 좋겠지만 그렇지 않은 현실에서 좋은 책과의 만남은 친구를 만나는 것처럼 가슴이 설레는 일이다.

먼저 인생을 달관한 위대한 작가들의 글을 통해 나 자신을 되돌아보고 내 인생의 새로운 청사진을 만드는 일은 친구를 만나 시간을 보내는 일보다 비교할 수 없이 좋은 경험이다. 나에게 감동을 주는 한 권의 책은 열 명의 친구들보다 소중하다. 그 책을 통해 내면이 성장하고 세상을 보는 시각이 넓어지며 나의 스승을 만날 수도 있다. 독서는 과거에 몰랐던 나의 사명을 깨닫게 해준다. 신변잡기를 나누는 친구들보다 몇 배 더 훌륭한 친구가 아닐 수 없다.

우리나라 성인들이 1년에 평균적으로 한 권의 책을 읽는다고 한다. 무척 안타까운 일이다. 좋은 친구를 곁에 두고도 만나지 않는 것과 같다고 할 수 있다. 그래서 나는 주변사람에게 가끔씩 책을 선물한다. 지금 외롭다면 주말에 당장 서점이나 도서관으로 달려가야 한다. 그동안 못 만났던 소중한 친구를 만나는 기쁨을 누리게 될 것이다.

"매일아침 기대와 설렘을 안고 시작하게 하여 주옵소서항상 미소를 잃지 않고 나로 인하여 남들이 얼굴 찡그리지 않게 해 주옵소서넓은 바다를 상상할 수 있는 마음의 여유를 주시고 1주일에 몇 시간은 한권

의 책과 친구와 가족과 더불어 보낼 수 있는 오붓한 시간을 갖게 해 주
옵소서 자기반성을 위한 노력을 게을리 하지 않게 하시고 늘 창의력과
상상력이 풍부한 사람이 되게 하시고 매사에 충실하여 무사안일에 빠
지지 않게 해주시고 매일 보람과 즐거움으로 충만한 하루를 마감할 수
있게 하여 주옵소서"

-직장인을 위한 기도 中-

Giver is gain

남에게 선행을 하는 것은 의무가 아니라 기쁨이다.
그것은 그렇게 하는 사람의 건강과 행복을 증진시킨다 -조로 아스터

자선이나 기부, 봉사활동은 그 사람의 영적인 부분에서 엄청난 기쁨이 되는 일이다. 이것은 아무 조건 없이 일어나는 감동의 결정체다. 봉사활동을 처음에는 의무로서 하게 될 때가 있다. 그러나 봉사활동을 하다가 그 보람으로 인해 계속적으로 하게 되는 사람들도 많다. 필자도 회사에서 의무적으로 봉사활동을 했었는데 그때마다 마음이 따뜻해지는 경험을 갖고 있다. 그러므로 봉사는 남을 위해서 하는 것이 아니라 자기 자신을 위해서 하는 것이라고 한다.

우리는 TV나 오락, 맛있는 식사나 여행을 하면서 웃고 떠들 때 행복함을 느낀다. 그러나 선행을 통해 얻는 기쁨과는 차원이 다르다. 남을 돕는 행동은 우리의 행복과 건강에 아주 큰 도움이 된다. 보수를 바

라고 하는 봉사도 좋은 일이지만 자발적인 선행이나 봉사활동은 그에 견줄 수 없는 아주 고차원적인 활동이라고 할 수 있다.

"맛있는 과일에는 그만큼 벌레가 많고
재산이 많으면 근심도 많고
여자가 많으면 잔소리도 많고
하녀가 많으면 그만큼 풍기도 문란하고
하인이 많으면 많은 물건을 잃게 되고
스승에게 많이 배우면 인생은 더욱 풍부해지고
명상을 오래 하면 그만큼 지혜도 늘고
사람을 만나 유익한 이야기를 많이 들으면 좋은 길이 열리고
자선을 많이 베풀면 그만큼 널리 평화가 이루어지게 된다."
《태교탈무드 동화 – 글 공작소》 中

우리는 건강하고 부족함이 없을 때 행복하다고 느낀다. 하지만 우리 이웃이 아프고 우리 형제가 불행하다면 그 행복은 모래위의 성처럼 위태로운 것이다. 나만 행복하다고 해서 진정 행복할까? 우리는 공동체생활을 영위하는 사회적 존재이기 때문에 행복은 결코 혼자서는 이룰 수 없는 것이다.

가족 중에 누구 하나라도 불행하거나 힘들다면 가족 공동체는 무너

지고 마는 것이다. 조그만 구멍이 둑을 무너뜨리듯 불행은 작은 데서
출발하는 경우가 많다. 거창하게 남을 도우라는 것이 아니다. 내 가족
이나 주변사람을 먼저 살펴보고 관심을 가지는 것이 봉사의 첫 걸음이
다. 우리는 너, 나 할 것 없이 힘든 세상에 살고 있다. 자본주의 사회에
살면서 사는 것은 많이 풍족해졌지만 마음은 오히려 불행해졌다. 이웃
에게 쏟는 작은 관심과 행동이 나를 바꾸고 사회를 바꾸는 첫 걸음이
된다.

비교하는 것만큼 어리석은 것도 없다

자기와 다른 사람을 비교하며 누가 우위인지를
끊임없이 신경 쓰는 사람은 여유 있는 기분으로 살 수 없다.
평온한 생활을 할 수 없는 것이다 -요제프 킬슈너

남과 비교하는 습관처럼 나쁜 것은 없다. 그것은 강박관념처럼 우리를 슬프게 하고 지치게 한다. 나는 나로서 소중한 것이지 남과 비교하다보면 행복은 멀리 도망가게 된다.

물개보고 치타처럼 잘 뛰지 못한다고 질책하는 것과 같다. 누구나 잘 하는 것이 한 가지는 있다. 내가 김연아처럼 스케이트를 못 탄다고 해서 자책할 필요는 없다는 말이다.

직장이나 학교에서도 마찬가지다. 공부를 못한다고 자신을 자책하고 일을 남보다 못한다고 시기할 필요는 없다. 나는 내가 잘하는 일에 몰두하면 그만이다. 내가 잘하는 일을 발견하는 것은 의외로 간단하다. 남들이 칭찬하고 격려해주는 일을 발견하면 된다. 어제의 나보다 조금 더 나은 나가 되면 된다. 남과 경쟁해서는 평화가 찾아오지 않는다. 오히려 불행을 자초하는 셈이다. 아무리 노력해도 우리가 모든 것을 잘 할 수는 없다.

"평소에는 아무 생각 없이 살다가도 이상하게 다른 사람이 돈을 많이 벌었다거나 승진했다는 말만 들으면 왠지 마음이 편치 않다. 그래서 승진 턱을 내겠다는 친구의 연락을 일부러 피하기도 한다. (...) 인간인 이상 욕심과 질투가 아주 없을 수는 없다. 그러나 그것이 지나치기에 문제가 된다. 사실 적당한 욕심과 질투는 자기 자신을 발전시키는 자극제가 될 수도 있다. 잘난 상대방에게 질투를 느낀다는 것은 자신의

모자란 부분을 인정한다는 뜻이다. 딱 이쯤에서 그 사람만큼 잘하고 싶은 생각이 들었다면 이미 성숙해졌다는 증거다.”

《내 삶을 만들어준 명언노트 – 안상헌》 中

한 가지 일을 택한 뒤 그 일에 몰두하면서 그 분야의 대가가 되면 다행인 것이 인생이다. 언제나 옆집 아빠와 엄마친구 아들이 문제다. 사람의 불행은 비교하면서 시작된다. 내가 옆집아빠가 아니고 엄마친구 아들이 될 수 없다. 나는 그냥 나로서 행복한 존재다. 사람들은 꼭 잘하는 사람을 비교하고 시기한다. 자식과 남편을 다그친다. 그럼으로써 가정이 불행해지고 사회가 각박해진다.

행복한 삶을 원한다면 이제는 비교하지 말자. 남과 나는 그냥 인생의 동반자이지 경쟁자가 아니다. 조금 잘났다면 칭찬해주고 못났다면 위로해주자. 그게 인생을 행복하게 해주는 것이다. 남보다 잘 하려는 것은 욕심에 불과하다. 이 세상에서 진정 이겨야 할 것은 남을 이기는 것이 아니라 나 자신을 이기는 것이다. 내 안의 욕망을 잘 다스리는 사람이 진정한 승자다.

욕심은 불행의 다른 말이다

행복에 이르는 길은 욕심을 채울 때가 아니라
비울 때 열린다 –에피쿠로스

성공지상주의가 세상을 지배하고 있다. 언론매체에서는 연일 경제에 관한 뉴스가 흘러나오고 사람들을 다그친다. "고삐를 채우지 않으면 끝장이다."라는 식이다. 그런데 과연 그럴까? 경제가 발전하면 우리가 행복한 걸까? 외부의 성공에 지나친 집착은 내부의 붕괴를 가져온다. 우리의 의식은 외부의 발전 속도를 미처 따라가지 못한다고 한다. 그 괴리에서 오는 차이 때문에 각종 문제들이 벌어지는 것이다.

경제발전을 지상과제로 여기고 달려온 지 수십 년 만에 엄청난 경제성장을 이룬 우리나라가 휘청거리고 있다. 과유불급이란 말이 있다. "너무 지나치면 모자라는 것만 못하다."는 말이다. 경제뿐만 아니라 우리의 일상생활도 너무 지나치게 욕심을 부리면 탈이 난다. 공부에

소질이 없는 대다수의 아이들을 학원으로 뺑뺑 돌리는 부모에서부터 야근을 밥 먹듯이 시키고 회식을 강요하는 회사의 상사까지 자신의 욕심을 채우려는 일들이 비일비재하다.

"역사상 가장 성공한 사람들이 많은 미국 사회에는 1960년 이후 이혼이 2배로 늘었고 청소년 자살이 3배로 늘었다. 폭력범죄가 4배로 늘었고 감옥에 있는 사람이 5배로 늘었다. 2차 대전 이후에 우울증 환자는 10배로 늘었다고 한다. 사회 전체가 성공 중독에 걸려 있기 때문이다. 우리라고 예외가 아니다. 이혼은 이미 세계 최고수준이며, 출산율은 세계적으로 뒤에서 1등이다. 가족이 해체되고 청소년 범죄, 청소년 자살률, 40대 사망률 등에서 세계 최고의 수준이다. 월드컵 4강 한번 하더니 무서운 것이 없다. 모두 성공중독에 걸려 있는 사회가 갖고 있는 문제이다."

《노는 만큼 성공한다 - 김정운》 中

우리는 "성공만 하면 행복이 저절로 오겠지" 하며 살아왔고 지금도 현실은 대동소이하다. 그러나 각종 데이터에서 보듯 행복은 부자가 되면 오는 것이 아님을 알게 되었다. 우리가 아는 많은 성공한 사람들의 말로가 불행한 이유도 돈만 벌줄 알았지 마음의 행복을 벌지 못했기 때문이다. 지금부터라도 가족 간에 따뜻한 위로와 대화를 나눠보자. 진정으로 원하는 내면의 목소리를 들을 때이다. 더 이상 회식을 핑계로 술집에서 시간을 보내지 말고 가족과 하루에 30분이라도 대화를 나눠야 한다. 진정한 행복은 가정의 화목과 내면의 성장에서 오게 된다. 오로지 돈만 추구하는 사회는 절대 행복할 수 없다.

용서하고 또 용서하라

타인은 용서하고 자신은 아무것도 용서하지 마라 –푸블릴리우스 시루스

사람의 본능 중 하나는 남에게 탓을 돌리고 내 자신은 아무 죄도 없는 것처럼 사는 것이다. 그래서 핑계 없는 무덤은 없다고 한다. 무덤에 가서 왜 죽었냐고 하면 백이면 백, 핑계를 댄다는 것이다. 그러나 과연 그 사람 말이 다 맞는 말일까? 남의 탓을 하고 사는 사람치고 올바르게 사는 사람은 거의 없다. 그 사람은 자기 인생에 남을 끌어들여 대신 살게 하는 것과 같다. 항상 주변사람들 탓을 하며 인생을 낭비하는 사람은 결코 타인을 용서하지 않는다. 나는 잘 하는데 남 때문에 이렇게 사는 거라고 자위하는 것이다. 그런 사람은 세상과 원수지고 사는 것과 같다.

나도 과거에 많은 원수들이 있었다. 어떤 이는 증오를 일으키게 했고 수치심을 안겼으며 상처를 주기도 했다. 그로 인해 많은 세월을 그

들을 미워하고 증오하며 살아왔다. "이 모든 게 그 사람들 탓이야." 불과 얼마 전까지도 나는 과거의 안 좋은 기억들로 인해 짓눌려 살아왔다. 그러던 어느 날 문득 깨달음을 얻으면서부터 과거의 적들을 용서하기 시작했다. 한 명 두 명 떠올려서 생각해보니 그들 입장도 이해가 가고 나 자신의 부족함도 알게 되었다. 그들도 상처받고 살아가는 사슴처럼 나와 같은 사람이지, 하는 측은지심이 들었다.

그러나 나의 단점은 쉽게 용서를 하면 안 된다. 내 자아는 항상 악으로 가득 차 있기 때문에 조금만 빈틈을 주면 나쁜 생각이 끊임없이 올라오기 때문이다. 내 마음은 나도 모르는 욕망의 덩어리이기 때문에 언제든지 죄를 범할 수 있다. 살인을 꼭 해야 내가 죄인이 아니다. 아마 마음으로 지은 죄도 다스린다면 나는 백 번, 아니 천 번도 넘게 감옥에 가야 할 죄인인 것이다. 타인은 따뜻한 시선으로 바라보고 용서하며 나 자신은 공정한 잣대를 들이대야 한다.

"다친 감정을 치유하는 최고의 방법은 용서다. 용서를 통해서만 우리는 마음의 평온함을 얻을 수 있다. 상대방을 용서하지 못하면 상대의 잘못을 잊을 수 없고 결국 복수심만 들끓게 된다. 강렬한 복수심은 일상생활에도 지장을 초래한다. 마음속에 울화가 가득 찬 상태로는 무슨 일을 해도 제대로 풀리지 않는다. 그러면 일이 꼬이는 것조차 상대방 탓으로 돌리게 되고 갈수록 복수의 열정만 점점 강해진다. 이때 복수의 열정이란 분노 외에는 그 무엇도 아니다."

《내 삶을 만들어 준 명언노트 - 안상헌》 中

고전영화를 보면 대부분 복수에 관한 내용이 나온다. 나는 어린 시절 클린트 이스트우드의 서부영화를 재미있게 봤다. 시거를 입에 물고 총을 꺼내 악당들을 쓰러지게 만드는 장면이 특히 멋있어 보였다. 그러나 이건 영화이지 현실이 아니다. 만약 영화처럼 상처를 준 상대방을 복수한다면 매일 우리 사회는 사건, 사고로 얼룩질 것이다. 사람으로 살면서 상처를 안 받고 사는 이는 거의 없다. 크건 작건 우리는 상처를 견뎌야 한다. 용서라는 단어는 이럴 때 필요하다. 화해와 용서는 나를 성숙케 하고 완전한 인격으로 성장하게 한다.

당신을 살리게 할 마지막 비밀 무기

인류에게는 정말 효과적인 무기가 하나 있다 그것은
바로 웃음이다 –마크트웨인

"웃지 않고 산 날은 우리가 인생에서 잃어버린 날이다" 라는 말이 있다. 만 가지 번뇌로 살아가는 인류에게 주어진 하나의 선물은 바로 "웃음" 이다. 아무리 힘들고 괴로운 일이 일어났다고 해도 웃음으로 넘겨버리면 그 사람에게는 평화가 찾아온다. 사실 이 세상에서 벌어지는 일은 그다지 중요한 일이 하나도 없다. 지금은 그 일이 대단하고 중요해보일 지라도 1년 후에는 생각도 나지 않을 일이 될 테니까.

"독일의 어느 연구소에서 발표한 바에 따르면 웃음의 효과가 대단하다.
첫째, 웃음은 심장박동을 진정시키고 고혈압을 낮춰준다. 지방과 콜레

스테롤 수치가 저하되는 효과가 있다고 한다. 따라서 다이어트에도 효과가 있다.

둘째 몸에 좋은 T세포가 활성화되면서 면역력이 향상되어 질병을 예방한다. 엔도르핀이라는 화학물질이 생성되어 통증을 완화시켜 준다고 한다.

셋째, 엄청난 운동의 효과가 있다. 한번 웃으면 에어로빅을 5분간 운동한 것과 똑같은 효과가 있다. 그러므로 웃음은 몸과 마음의 상처를 동시에 치료하는 약이라고 할 수 있다. 15초 이상 웃으면 수명이 이틀 연장되고 학습효과를 높여주며 기억력도 강화된다고 하니 웃음의 효과는 정말 대단하다."

예전에 웃음이 건강에 좋다고 해서 잠실에 있는 어떤 모임에 갔다. 웃음클럽이라는 카페모임이었는데 한 시간 정도 신나게 웃는 모임이었다. 알고 보니 웃음은 일부러라도 웃어야 효과가 좋다는 게 그 모임의 취지다. 그래서 강사님을 따라 무작정 웃었는데 지나가는 사람들이 신기한지 자꾸 쳐다보고 웃었다. 조금 민망했지만 즐거운 추억으로 남았다. 내게 웃음에 대한 열정이 있었다면 아마 웃음치료사 정도는 되지 않았을까 생각된다. 아무리 어색한 사이라도 마주보고 웃으면 친해진다고 한다. 웃음은 그만큼 우리 인생에서 빼놓을 수 없는 중요한 것이다.

"성공의 85%는 웃음에 달려있다"는 브라이언 트레이시의 말이 있듯 성공한 사람들은 대부분 미소와 웃음을 트레이드마크처럼 달고 다닌다. 웃음은 상대에게 호감을 주고 협상을 유리하게 만들기 때문이다. 영업사원의 가장 큰 자질은 좋은 인상과 웃음에 있다. 인상을 찡그리고 사람을 상대하면서 실적을 바라는 건 어불성설이기 때문이다. 그래서 영업사원들은 아침마다 거울을 보고 미소 짓는 연습을 한다고 한다. 인류의 가장 큰 무기인 웃음을 사장시키지 말고 잘 활용해서 인간관계도 원활하게 만든다면 행복이 저절로 오지 않을까 싶다. 오늘 하루를 즐겁게 보내고 되도록 웃음을 잃지 말아야겠다.

죽은 과거는 버려라

과거는 죽은 것이다 죽은 자는 말이 없다 −작자미상

현재는 영어로 프레젠트다. 지금은 바로 소중한 선물이라는 뜻이다. 과거에 사로잡혀서 살아가는 사람들이 많다. 과거에 겪었던 기억에 일희일비하면서 과거에 집착한다. 그러나 과거는 결코 현재에 영향을 주지 못한다. 오직 영향을 받는 이는 과거를 잊지 못하는 당신, 자신이다. 모든 존재는 변화를 추구한다. 어제의 내가 오늘의 내가 아니다. 조금씩 느끼지 못하는 사이에 세상은 변화하고 있다.

당신이 과거에 무엇을 했든 현재의 당신이 진짜 당신이다. 현재의 위치가 당신을 말해준다. 그리고 다행인 점은 당신의 현재가 어디에 있든 변화를 따르겠다고 선언하는 순간, 과거로부터 탈출하기 시작한다. 그 마음이 지속되는 한 세상은 당신 때문에 변화를 당할 것이다.

"만일 우리가 뇌의 메시지에 귀를 기울이고 치유행위를 통해 상처를 극복한다면 비로소 우리는 양들의 침묵에 나오는 렉터 박사의 명대사를 이해할 수 있게 된다. 주인공 스털링이 어린 시절의 상처로부터 완전히 자유로워지는 순간의 축하메시지.

"아직도 양들의 울음소리가 들리나?"

"당신은 어떤가? 여전히 양의 울음소리가 들리는가?"

《왜 나쁜 기억은 자꾸 생각나는가 - 김재현》中

"왕년에 나 이랬다." 면서 과거를 회상하는 이는 대부분 현재에 불만인 경우가 많다.

나도 어릴 때 즐겁고 행복했던 적이 있었다. 그때는 모든 일이 나를 위해 존재했고 나는 거의 매일 사는 게 즐거웠다. 이런 생각이 드는 이유는 현재의 내가 그처럼 행복하지 못하다는 반증이다. 그러므로 이제는 과거에서 벗어나야 한다. 당신이 현재 괴롭게 지내든 혹은 여유롭게 지내든 그건 관계없다. 과거는 지나간 부도수표다.

우리의 세포는 매일 새롭게 바뀐다고 한다. 의학적으로도 1년 전의 나와 지금의 나는 생물학적으로도 전혀 다른 것이다. 이 사실만으로도 과거의 나에 집착하는 것은 부정적 결과를 가져온다. 변화를 거부하는 사람은 절대 현실을 인정하지 못하고 발전하지 못한다. 내면에 숨어있는 상처받은 아이를 이제 떠나보내자. 다가올 미래를 위해서라도 우리는 과거로부터 벗어나야 한다.

죽음은 두려움의 대상이 아닌
하루를 살게 하는 힘

일생에 매우 큰 가치를 느낄 수 있었던 사람은 절대로
죽음을 두려워하지 않는다 – 칸트

죽음을 좋아 할 사람은 아무도 없을 것이다. 죽음은 산 사람과 갈라놓을 뿐 아니라 그의 추억과 기억들을 송두리째 앗아가 버리기 때문이다. 그러나 죽음은 우리 가까이에 엄연히 존재한다. 지금부터 50년 내지 100년 후에 지금 이 글을 보는 분이 과연 몇 명이나 살아있을까? 물론 과학이 엄청 발전하고 있으니 의학의 혜택으로 몇 분은 살아계실지도 모르겠다.

지금 내가 글을 쓰는 이 순간에도 몇 백명이 죽음을 맞이했다. 전 세계에서 하루에 14만명이 죽음을 맞이한다고 한다. 24시간을 나눠보면 대략 시간당 5천명은 죽는 셈이다. 정말 엄청난 숫자가 아닐 수 없다. 그만큼 죽음은 우리 주변에 흔한 일상이다.

하루를 살다 가나 백년을 살다 가나 인생은 똑같다. 어쩌면 위대한

일을 하신 분들은 대체로 일찍 세상을 등지셨다. 세종대왕 같은 분도 54세를 일기로 돌아가셨고 "폭풍의 언덕"을 쓴 브론테자매도 20대에 세상을 떠났다. 물론 위대한 일을 기준으로 사람을 평가하자는 것은 아니다. 세상을 살아가는 데 있어서 큰 일과 작은 일을 구별하는 건 무의미한 일이기 때문이다

우리는 나름대로 사명을 갖고 태어난 존재다. 다만 그것을 발견하느냐 못하고 가느냐는 전적으로 그 사람의 책임이다. 발견한 삶에는 나의 존재 이유와 목적을 깨닫고 거기에서 기쁨을 느끼게 될 것이며 더 나아가서는 내세의 축복을 예감하게 될 것이고, 사명을 발견하지 못한 사람은 불만족스럽고 허무한 인생을 살다가 가는 것이다. 자기의 사명을 깨달은 자는 절대로 죽음을 두려워하지 않는다. 그 사람은 자기의 목적과 죽음 이후의 삶에 대해 직관적으로 깨달았기 때문에 이 세상에 애착을 갖지 않는다.

반면에 먹고 마시는 데 인생의 의미를 두고 살아온 사람은 죽음을

무척 두려워하고 병에 걸릴까 노심초사한다. 왜냐하면 죽음은 그의 진짜 마지막을 의미하기 때문이다. 어디로 가는지도 모를 때 사람은 두려워하기 때문이다. 그래서 사람들은 어두운 밤을 무서워한다. 아무것도 보이지 않는 캄캄한 밤과 죽음을 똑같이 여기기 때문이다.

"죽음에 관한 문제는 수학문제의 정답과 같은 확실한 방법이 정해져 있지 않다. 결국 '행복한 삶을 살았는가?' 에 초점이 맞춰져야 한다. 본인만 행복하게 산 것이 아니라 함께했던 사람들과 행복을 나눴다는 것이 인정될 때 진정한 행복을 누린 것이다. 그렇게 되었을 때 잘 죽는 죽음(웰다잉)' 을 맞게 된다. 즉, 잘 죽는다는 것은 잘 살았을 때에만 가능한 것이다."

《아름다운 삶, 아름다운 이별 - 김조환》 中

사람은 생전에 죽음 이후의 삶에도 관심을 가져야 한다. 대부분의 사람들이 죽음을 두려워하면서도 애써 외면하고 삶에 집착하는 것은 그리 현명한 생각이 아니다. 현재의 삶이 영원하다면 모르겠지만 그렇지 않은 게 현실이라면 두려워하지 말고 현재의 환경과 나 자신을 직시해야 한다. 죽음은 끝이 아니며 새로운 탄생과 같다. 만물은 소멸하고 생성하는 하나의 법칙을 따르고 있다. 그렇지 않으면 우주만물은 조화가 깨지고 무질서하게 될 것이다.

우리는 언제든지 죽음을 맞이하게 될 때가 온다. 어느 때나 마음의 준비를 하게 되면 두려울 게 없다. 마치 전쟁터에 나간 군인이 훈련이 잘 되어 있다면 적이 두렵지 않은 것과 같다. 우리는 지금 지구라는 전쟁터에 온 군인들이다. 살아서 나간 사람은 한명도 없다는 사실을 명심해야 한다. 그렇게 생각하면 마음에 평화가 찾아오게 될 것이다.

화목한 가정이야말로 진짜 천국이다

가정의 화목이 지상에서 가장 빛나는 기쁨이다 -페스탈로치

화목한 가정은 모든 행복의 근본이다. 우리는 어디에서 시간을 보내든 일을 마치면 약속이나 한 듯 집으로 향한다. 어떤 모임이나 즐거운 일들이 있더라도 내 집만큼 편안하지는 않다. 파랑새라는 동화를 보면 그토록 찾던 파랑새가 집에서 기르던 비둘기였고 결국 집안에 행복이 있다는 결론으로 끝이 난다. 거기에서 보듯 우리의 가정만큼 소중한 보물은 이 세상 어디에도 없다.

그런데 이런 화목해야 할 가정이 무너지고 있다. 부모가 아이를 학대하고 자녀가 부모를 학대하며 사랑해서 결혼한 부부가 이혼을 하는 일들이 빈번하게 일어나고 있다. 참으로 서글픈 일이 아닐 수 없다. 우리는 예로부터 "동방예의지국"이라는 칭호를 받던 나라였다.

그러던 나라가 서구문물의 무분별한 도입으로 인해 어느 사이에 도

덕이 땅에 떨어지고 쾌락주의가 판치는 나라로 변했다. 물질은 그야말로 풍요로워졌지만 정신적으로는 후진국보다 못한 불행한 나라가 된 것이다.

"마른 떡 한 조각만 있고도 화목하는 것이 제육이 집에 가득 하고도 다투는 것보다 나으리라 (잠언17:1)
허물을 덮어주는 자는 사랑을 구하는 자요 그것을 거듭 말하는 자는 친한 벗을 이간질하는 자니라 (잠언 17:9)"

아무리 물질이 많다고 해도 사람들 마음에 사랑이 없다면 그 사회

는 죽은 사회다. 얼마 전에 여론조사기관에서 조사를 했는데 우리나라가 선진국 중에서 꼴찌를 했다고 한다. 그 내용인즉 어려울 때 의지할 사람이 별로 없다는 것이다. 사람과 사람사이에 더 이상 신뢰가 없는 사회가 된 것이 아닌가 하는 마음이 들었다.

교육열이 세계 1위인 반면 자살률도 세계 1위인게 우리나라의 현실이다. 가족 간에 따뜻한 인간관계가 다시 회복되어야 한다. 따뜻한 격려와 칭찬. 배려와 대화가 필요하다. 아이들은 귀신같이 부모를 잘 파악한다. 우리는 영혼을 가진 존재라서 사랑이 부족해지면 탈이 난다. 화목한 가정은 그냥 만들어지지 않는다. 부모와 자식, 사회와 학교가 유기적으로 풀어가야 할 숙제다. 화목한 가정 속에서 우리의 자녀들이 바르게 커 나갈 때 비로소 우리의 미래가 밝아질 것이다.

행복하면 일의 능률이 30% 향상되고 결혼생활과 친구관계가 좋아진다. 그에게는 사회적 지원이 더 많이 되고 돈도 더 많이 벌며 지도력, 타협성, 회복성이 올라간다. 질병, 가난, 장애극복, 수명이 연장되고 유머감각도 올라간다. 행복의 느낌은 세상이 온통 장밋빛이며 가슴이 벅차고 가슴이 뛰는 느낌을 가진다. 가정이 화목할 때 이런 모든 것들이 그대의 품에 안겨질 선물이다.

행복은 덕도 즐거움도 아니다 그것은 단순한 성장이다 우리는 자랄 때 행복하지 않았는가? -예이츠